DREAMBOOKS★

DREAMBOOKS

천하제일쟁자수

권인호 신무협 장편소설

ORIENTAL FANTASYSTORY & ADVENTURE

5

dream books
드림북스

천하제일 쟁자수 5

초판 1쇄 인쇄 2015년 9월 9일
초판 1쇄 발행 2015년 9월 21일

지은이 권인호
발행인 오영배
책임편집 편집부

펴낸 곳 (주)삼양출판사 · 드림북스
주소 서울시 강북구 도봉로 173
대표 전화 02-980-2112 팩스 02-983-0660
출판등록 1999년 3월 11일 제9-00046호.

ISBN 979-11-313-0251-4 (04810) / 979-11-313-0246-0 (세트)

+ 이 도서의 국립중앙도서관 출판시도서목록(CIP)은 서지정보유통지원시스템홈페이지(http://seoji.nl.go.kr)와 국가자료공동목록시스템(http://www.nl.go.kr/kolisnet)에서 이용하실 수 있습니다. (CIP제어번호: 2015024407)

천하제일 쟁자수

권인호 신무협 장편소설

ORIENTAL FANTASYSTORY & ADVENTURE

5

dream books
드림북스

목차

천하제일 쟁자수

第一章

대체…… 그는 누굴까?

"덥군. 더워."

한낮의 태양이 뜨겁다.

우기가 길었던 탓인지 올해 여름은 더 더운 것 같다.

루하는 근처 객잔에서 간단히 먹을 만두를 사서 마차에 올랐다.

마차에 오르자 창문을 열어 뒀는데도 더운 기운이 확 밀려왔다.

"와! 찜통이 따로 없네. 어떻게 된 게 환골탈태를 두 번이나 했는데도 추위랑 더위는 그대로야? 한서불침이니 뭐 그런 거 안 돼?"

"환골탈태로 인해 몸이 강건해지기도 했지만 그와 더불어서 몸의 모든 감각도 열려서 예민해질 대로 예민해지니까 추위와 더위도 당연히 더 잘 느끼게 되는 거지. 하지만 그렇다고 해서 한서불침이 아니라고는 할 수 없어. 지금 네가 느끼는 감각과는 반대로 극한의 추위도 극양의 더위도 널 해치지는 못할 테니까."

"그게 무슨 소용이야? 결국 추위는 추위대로, 더위는 더위대로 고스란히 느끼고 살아야 한다는 거잖아?"

"그게 좋은 거지. 추위는 추위대로 더위는 더위대로, 바람은 바람대로 비는 비대로…… 자연의 섭리를 느낄 수 있다는 건 살아 있는 생명의 당연한 권리이고 축복인 거야. 살아 있는데도 자연의 섭리를 느끼지 못한다면 그건 강시나 다를 바 없잖아?"

듣고 보니 또 그렇다.

추위도 더위도 바람도 비도 느끼지 못하는 삶이라면 그건 너무 삭막할 것 같다.

'그래도 지금은 좀 삭막한 편이 나을 것도 같은데 말이야.'

설란의 말대로 환골탈태로 인해 감각이 더 예민해진 때문인지 초복의 찜통더위란 건 정말이지 견디기 힘들다. 그건 닭수리도 마찬가지인 모양이다.

더위가 기승을 부리기 시작하자 그 팔팔하던 녀석이 마치 물먹은 솜마냥 축 늘어져서 헥헥대고 있다.

루하가 혹시나 하며 설란에게 물었다.

"혹시 그런 거 없어?"

"그런 거?"

"무림의 보물 중에는 왜 그런 것도 있다며? 몸에 품고 있는 것만으로도 추위를 가시게 하는……."

"만년화리(萬年火鯉)의 화정(火精)?"

"어! 그래, 그거. 그거랑 반대되는 거 뭐 없어? 몸에 가지고 있는 것만으로도 더위가 싹 달아나는 뭐 그런 거."

"빙백음혼사(氷魄陰魂蛇)의 내단이 그런 효능이 있긴 한데, 왜?"

"빙백음혼사?"

"천산의 얼음골에서 천 년을 사는 뱀인데 빙정지기가 가득 깃든 빙백음혼사의 내단이라면 이런 더위 정도야 거뜬히 물리칠 수 있지."

"그래서? 가지고 있어?"

루하의 기대에 찬 물음에 설란이 가방을 뒤적인다.

그러다 목함 하나를 꺼내 들었다.

"내 열두 번째 생일날 할아버지한테서 선물로 받은 거야."

"그거 줘 봐."

루하가 그 즉시 목함을 낚아채려 했다. 하지만 그보다 빠르게 목함을 뒤로 숨기는 설란이다.

"뭐하게? 설마 이걸로 더위나 식히려는 건 아니겠지?"

"왜? 안 돼?"

"안 되지, 그럼! 이게 얼마짜린 줄이나 알아?"

"잠깐 열기나 식히려는 건데, 뭘. 닳는 것도 아니잖아?"

"내단은 공기랑 닿으면 닳는 거 맞거든? 영구적으로 쓸 수 있는 게 아니라고. 그래서 급히 마취나 지혈이 필요할 때 응급용으로만 잠깐씩 꺼내 쓰는 거란 말이야."

"지금도 충분히 응급한 상황이거든? 더워 죽겠다고! 나도 나지만 우리 닭수리는 또 어쩔 거야? 저 봐, 애가 완전 맛이 갔잖아. 이러다 아예 찜닭이 될 지경이라고. 나중에 돈 많이 벌어서 몇 배로 쳐줄 테니까 잠깐만이라도 열 좀 식히자. 응?"

루하가 한껏 불쌍한 표정을 하자 마음이 약해진 설란이 마지못해 목함을 내민다.

"일각만이야. 일각만 쓰고 돌려줘야 해."

"알았어. 알았어."

목함을 건네받은 루하가 건성으로 답하며 급히 목함을 열었다.

목함을 열자 구슬 모양의 은빛 내단이 나타나고, 순간 청량하면서도 찬 기운이 확 퍼져 갔다.

"와아! 이거 죽인다!"

"공기 안 빠져나가게 창문부터 닫아."

설란의 핀잔에 급히 창문을 닫았다. 그러자 마차 안이 삽시간에 시원한 공기로 가득 찼다. 더위에 축 늘어져 있던 닭수리도 그제야 꿈틀꿈틀 기지개를 켜더니 푸다닥거리며 루하의 어깨에 올라앉는다.

"이거 이대로 열어 두면 얼마나 쓸 수 있어?"

"보통의 내단은 공기와 닿으면 짧게는 반 시진에서 길어 봤자 열두 시진 안에 기화되어 버리지만 이건 빙정이란 성질 덕분에 석 달은 쓸 수 있어. 물론 필요할 때만 잠깐씩 열어서 쓰면 십 년, 이십 년도 거뜬히 쓸 수 있고. 다시 한 번 말하지만 혹시라도 이걸로 여름을 날 생각이라면 아예 꿈도 꾸지 마. 빙백음혼사는 천산에 사는 땅꾼들도 평생 한 번 보기 힘든 귀물인 데다 내단을 간직한 빙백음혼사는 천 마리 중에 한 마리 있을까 말까 한, 그야말로 천금을 주고도 구할 수 없는 보물이니까."

"알았어. 알았다니까. 앞으로 내 더위는 내가 챙길 거니까 걱정 붙들어 매셔. 나중에 돈 잔뜩 벌어서 만년화리의 화정이랬나? 그것도 같이 구해서 여름은 겨울처럼, 겨울은 여름처럼 아주 옴팡지게 지낼 테니까. 그때 나한테 아쉬운 소리나 하지 마셔!"

더럽고 치사하다는 듯 씩씩대며 콧방귀 뀌는 루하지만 그러면서도 혹시라도 뺏어갈까 빙백음혼사의 내단은 품에서 놓지 않는다.

그러다 문득 생각났다는 듯 화제를 돌렸다.

"아 참, 그 얘기 들었어?"

"무슨 얘기?"

"방금 만두 사러 갔다가 들은 건데, 환락불 임요승이 죽었다던데?"

"뭐?"

"환락불뿐만 아니라 광명채가 모조리 떼죽음을 당했다고 하더라고. 주완봉의 산채 도적 중 하나가 광명채에 들렀다가 목격한 건데 환락불이고 광명채의 도적들이고 죄다 시체만 남아 있었다는 거야."

"그게 무슨……."

설란이 어리둥절한 표정을 한다.

녹림칠패의 일인이자 팔공산 사왕의 하나인 임요승이 죽다니? 광명채가 떼죽음을 당하다니?

"대체 누가?"

"몰라. 흉수는 흔적도 없었다니까. 근데 이거 남궁세가에서 벌어진 혈겁이랑 연관이 좀 있는 것 같지 않아?"

“연관이라니?”

“그냥 내 생각인데 말이야, 팔공산에서 잃어버린 강시…… 그거 환락불 손에 들어갔던 게 아닐까?”

“네 말은 그럼 남궁세가에서 혈겁을 일으킨 흉수랑 광명채를 그렇게 만든 자들이 같은 자들이라는 거야?”

“시기도 공교롭고, 무엇보다 아무리 정체를 숨긴 기인이사가 즐비한 곳이 무림이라지만 남궁세가와 광명채를 몰살시킬 만한 자들이 그렇게 흔할 리가 없잖아? 말이 나왔으니 말이지만, 떠도는 말을 들어 보면 천외천이니 새외 무림이니 그러는데, 그게 어디 말이 돼? 수백 년간이나 무림을 호령해 온 남궁세가잖아. 그런 남궁세가를 하룻밤 사이에 몰살시킬 만한 힘을 가진 세력이 애초에 존재할 리가 없잖아? 남궁세가가 그렇게 만만한 곳이었으면 벌써 멸문을 당하고도 남았지.”

뭔가 빙빙 돌고 있는 듯한 루하의 말에 설란이 눈살을 찌푸리며 물었다.

“그래서? 무슨 말이 하고 싶은 건데? 남궁세가와 광명채를 몰살시킨 흉수가 동일인일 것 같다면서 또 애초에 그런 세력이 존재할 리가 없다니…… 흉수가 무슨 귀신이라도 된다니?”

“내 말이 바로 그 말이야.”

"뭐?"

"흉수가 사실은 귀신인 거지. 정확히는 강시. 이건 어디까지나 내 느낌적인 느낌인데, 강시가 깨어난 게 아닐까?"

"그게 무슨…… 강시가 깨어나서 남궁세가랑 광명채를 그렇게 만들었다는 거야?"

"강시 중에서도 최강인 게 환혼혈강시라며? 그럼 남궁세가나 광명채를 몰살시켰다고 해도 이상할 건 없잖아? 아니, 적어도 천외천이니 새외 무림이니 하는 것보다는 가능성이 더 높잖아."

"물론 아흔아홉 구의 환혼혈강시라면 남궁세가를 몰살시키는 것도 가능하긴 해. 하지만 광명채에는 강시가 고작 한 구뿐이었잖아. 아무리 환혼혈강시가 강시 중에서 최강이라고 해도 혼자서 환락불 임요승과 광명채를 그렇게 만들었다는 건 절대로 무리야."

"환혼혈강시 중에서 아주 특별한 강시일 수도 있잖아. 소수마후의 소수혈마공을 익혔다는 것만 해도 충분히 특별한 거 아냐? 사백 년 전 소수마후는 단신으로 무당파 이백 고수를 도륙 냈다며?"

"그렇다고 해도 말이 안 돼. 무엇보다 강시가 깨어나려면 먼저 영성이 트여야 하고 그러려면 일단 천문이 열려 있어야 하는데, 제갈 공자의 말로는 천문이 열려 있는 강시는 단 한 구도 없다고 했어. 영성을 틔우는 것만 해도 지극히 어렵고 고단한 과정을 거쳐야 하는데 천문까지 닫힌 상태에서 강시 스스로 깨어났다는 건 불가능한 일이야."

설란이 거듭 불가능한 일이라고 말했지만 루하는 쉽게 수긍하지 못했다.

일전에 그가 본 강시는 도무지 죽은 시체 같지 않았다. 정말이지 금방이라도 눈을 뜰 것처럼 생동감이 넘쳤다. 그가 흉수로 강시를 떠올렸던 것도 당장이라도 살아 움직일 것 같았던 그때의 생동감이 아직도 고스란히 뇌리에 남아 있었기 때문이었다.

루하가 그렇게 수긍 못 하겠다는 표정을 하고 있자 설란이 나직이 한숨을 내쉬며 말했다.

"물론 나라고 강시에 대해 다 아는 건 아냐. 기껏해야 책으로 얻은 지식일 뿐이니까. 세상에는 상식으로도 설명되지 않는 일들이 비일비재하기도 하고. 어쩌면 네 말대로 강시가 깨어난 것일지도 모르지. 하지만 아니었으면 좋겠어. 만일 네 말대로 모든 일의 흉수가 강시라면, 정말로 강시가 깨어나 그런 일을 저지른 거라면…… 일백이나 되는 희대의 살인귀가 세상에 나왔다는 거니까."

백 구의 환혼혈강시, 오직 피와 살육만을 그리는 그 통제되지 않는 살인귀들이 세상에 나왔다는 것은 생각만으로도 끔찍하고 무서운 일인 것이다.

* * *

그녀는 걸었다.

어디로 가고 있는지도, 어디로 가야 하는지도 모른 채 그저 걸음이 이끄는 대로 무작정.

깊고 깊은 무저갱 속에서 눈을 뜬 후 아홉 번의 해가 뜨고 아홉 번의 달이 졌지만 여전히 연화라는 이름 말고는 아무것도 기억나지 않는다.

알고 싶은 마음도 없다.

다만 한 가지 이상한 것은 처음 눈을 뜨고서 느꼈던, 가슴속에서 회오리치던 그 억제할 수 없던 살심이 어느 순간부터 거짓말처럼 사라졌다는 것이다.

발길 닿는 대로 꽤 먼 길을 걷는 동안 많은 사람들을 스쳐 지났지만 그때의 맹목적인 살심은 티끌만큼도 남아 있지 않았다.

평온했다.

잔물결 하나 없이 평온한 마음으로 무작정 걷다 보니 성 하나를 지났고 그렇게 다시 이틀을 더 걸어 어느 산에 도착했다.

그때 마음에 작은 동요가 일었다.

그것은 익숙함이다.

이유는 모른다.

다만 기억나지 않는 과거의 어느 한 자락에 이 산이 익숙함으로 남아 있고 그것이 자신을 이곳으로 이끌었다는 것뿐.

산을 올랐다.

익숙함이 이끄는 대로.

어렴풋한 정겨움을 길 안내 삼아 그렇게 걸음을 내디뎠다.

그런데 그렇게 한참을 걸어 올라갔을 무렵이었다.

왠지 모르게 평온하던 마음에 어떤 비릿함이 내려앉고 다시 가슴속에서 살의가 피어오른다.

그리고 얼마 안 있어 멀리서 부스럭거리는 인기척이 들렸다.

"어라? 웬 계집이……."

"헉! 무슨 계집이 저렇게 예뻐? 이건 뭐 양귀비 저리 가라 할 정도인데?"

이어지는 부산한 소란에 딱 보기에도 도적으로 보이는 사내들이 우르르 몰려든다.

모두가 연화의 미색에 홀려 넋을 잃고 있는 와중에 한 사내가 먼저 정신을 챙기고는 성큼 연화에게로 다가왔다.

음충맞은 미소를 머금고는 연화를 위아래로 훑는다.

"흐흐흐. 천신께서 여기 천중산의 외로운 산중호걸들을 가엽게 여기셔서 이런 선녀를 내려보내 주셨나 보군. 그럼 천신님의 성의를 생각해서라도 거절을 하는 건 도리가 아니겠지?"

말투는 저속하고 눈빛은 음탕하다.

그에 맞춰서 도적들이 왁자지껄 떠들어 댄다.

"그럼요! 그럼요! 부두령 말씀이 옳습니다! 천신님께서 좋은 인연 만들어 주셨는데 거절하는 건 예의가 아니죠!"

"이런 미녀한테 아무 짓도 안 하는 건 사내로서도 도리가 아니고 말입죠!"

"와! 내 평생 이런 미녀를 품에 안는 날이 오다니…… 이제부턴 부처님도 한번 믿어 볼랍니다!"

"어허! 이 사람들! 찬물도 위아래가 있는 법 아닌가? 부두령, 일단 두령부터 맛을 보셔야죠."

그러한 분위기 속에서 부두령이라 불린 자가 대뜸 연화의 손목을 잡아챘다. 그러다 흠칫 놀란다.

손바닥 가득 살을 에는 듯한 한기가 느껴지는 가운데, 유리처럼 투명한 손을 그제야 발견한 것이다.

"어……?"

왠지 모를 섬뜩함에 급히 손을 빼려는 순간이었다. 한발 먼저 그 유리처럼 투명한 손이 가볍게 부두령의 손을 뿌리쳤다. 아니, 뿌리친다 싶은 순간, 마치 일각이 억겁처럼 느리게 흘러가는 시간 속에서 홀로 정상적인 속도로 움직이는 듯한 연화의 그 희고 투명한 손이 부두령의 목을 움켜쥔다. 그리고,

우드득!

꺾어 버렸다.

누구도 예상치 못한 그 충격적인 광경에 모두가 멍해 있는 것도 잠시,

"부, 부두령!"

"뭐, 뭐야? 뭐가 어떻게 된 거야?"

"네 이년! 지금 부두령께 무슨 짓을 한 것이냐!"

흉흉하고 난폭한 살기들이 난무한다.

연화는 그제야 알았다.

가슴속에 피어오르는 이 진득한 살의가 무엇에 기인함인지.

여기까지 오며 많은 사람들과 만났고 개중에는 조금 전 저들처럼 불쾌히 추파를 던져 대는 한량들도 있었다. 하지만 살수를 쓴 적도, 그럴 마음을 먹은 적도 없다. 기껏해야 어깨에 닿은 손을 비틀어 손목을 부러뜨린 게 그녀가 한 가장 격한 대응이었다.

그런데 방금은 들끓는 살의에 자비를 생각할 수 없었다.

처음 눈을 뜬 그때처럼.

맹목적이고도 치열하게 살심을 분출하던 그때처럼.

'피 냄새…….'

이 살심의 근원은 분명 저들의 몸에, 그리고 저들이 들고 있는 도검에 깊이 배여 있는 혈향 때문이다.

그때도 그랬다.

씻어도 지지 않는 그 역한 피 냄새가 가슴 저 밑바닥에 잠들어 있는 '세상 모든 걸 다 죽여 버리고 싶은' 들끓는 살심을 깨운 것이다.

줄기줄기 뻗어 나는 살기.

무감정한 듯 처연히 도적들을 훑어가는 눈빛에는 귀기가 어렸다.

연화에게서 느껴지는 말로 다 형언할 수 없는 섬뜩한 기운에 도적들이 본능적으로 주춤 걸음을 물렸다. 하지만 그도 잠시,

"이런 미친 계집년이! 죽엿! 이 계집년을 잡아서 가죽을 벗겨 버릴 것이다!"

누군가의 일갈이 있고, 그 즉시 도적들이 난폭한 살기를 뿌리며 연화를 덮쳤다.

하지만 그들이 채 연화에게 닿기도 전에, 연화의 몸에서 얼음처럼 차갑고 가시처럼 뾰족하며 칼날처럼 날카로운 강

기의 파편이 사방으로 터져 나가 도적들을 덮쳤다.

"뭐, 뭐야?"

"암기다! 모두 피해!"

예상치 못한 공격에 당황하는 중에도 강기의 파편을 암기라 생각하며 땅을 굴러 간신히 피해 내는 자도 있었고,

"큭!"

"커억!"

미처 강기의 파편을 피해 내지 못하고 비명을 토하며 쓰러지는 자들도 있었다.

하지만 연화가 몸을 날리자 그 차이는 아무런 의미가 없어졌다. 팔공산에서 그랬던 것처럼 한번 끓어오른 살심은 마지막 하나의 생명마저도 허용치 않을 만큼 잔인하고 철저했으니까.

그때였다.

"네 이년! 그만 멈추지 못하겠느냐!"

피와 죽음이 범람하는 일방적인 학살의 현장에서 갑작스럽게 천중산을 쩌렁쩌렁 울리는 일갈이 터졌다.

그리고 나타난 인물은 피부가 검고 덩치가 산만 한 사내였다. 사람의 형상을 한 흑곰인지 흑곰의 형상을 한 사람인지도 잘 분간이 안 될 정도로 곰을 닮은 사내.

흑웅채의 두령이며 천중산의 패주 구지귀왕(九指鬼王) 거

평산(巨平山)이다.

"이……!"

눈앞에 펼쳐진 살육의 흔적들을 훑어가는 거평산의 눈에 불꽃이 튄다.

전신에서 팽창하는 기의 파동은 대기를 터트리고, 매의 그것처럼 날카롭게 세운 그의 손가락은 검은빛의 음기를 머금는다.

"내 투골음풍조(透骨陰風爪)에 계집의 피를 묻혀 본 적은 없으나 오늘만은 악귀 같은 네년의 몸을 갈기갈기 찢어서 네년의 손에 죽은 내 수하들의 원한을 풀어 줄 것이다!"

말이 끝나기가 무섭게 연화에게로 덮쳐들었다.

천중산은 팔공산과 형문산 다음으로 녹림도의 세가 강성한 곳이었다.

사왕에 비할 바는 아니라고 해도 천중산의 패자가 되었다는 것만으로도 구지귀왕 거평산의 실력은 천하가 인정하는 것이었고, 특히 그의 성명절기인 투골음풍조는 조법으로는 천하에서 열 손가락 안에 꼽힐 정도로 대단한 것이었다.

빠르기는 섬전처럼 빠르고 강하기는 세 치 두께의 철근도 짓이겨 버릴 정도로 강하다.

그렇게 무시무시한 투골음풍조가 연화를 찢어발길 듯이 덮쳐들고 있었다. 하지만 그 무시무시한 투골음풍조는 가볍게 들어 올리는 연화의 손에 황당할 정도로 무기력하게 잡혀 버렸다.

"……!"

거평산의 충격이야 말해 무엇할까.

급히 손을 빼내려 했다.

그러나 꼼짝도 하지 않는다.

놀라고 경악한 와중에 순간, 연화에게 잡힌 손에서 서늘하고 저릿한 감각이 느껴졌다.

본능적으로 자신의 손을 보았다.

'뭐……?'

투명하게 변하고 있었다.

연화의 손처럼.

아니, 이젠 아예 어느 것이 자신의 손인지 구분이 안 될 정도로 투명해졌다.

비단 손만이 아니다.

손에서 시작해 손목으로, 손목에서 팔꿈치로 급속하게 변해 가더니 그건 이내 그의 팔을 다 집어삼키고 목, 얼굴을 타고 전신으로 번져 갔다.

아무것도 할 수 없었다.

공포를 느꼈을 때 이미 그의 몸은 의지의 통제를 완전히 벗어나 있었다.

그렇게 투명함이 발끝에서부터 머리카락 한 올까지 완벽히 덮쳤을 때였다. 투명하게 변한 몸에 붉은 선들이 무질서하게 마구잡이로 그려지기 시작했다.

그리고 이어진 것은,

최아아아아아—

폭발하듯 터지는 피 분수였다.

얼음처럼 투명한 몸에서 줄기줄기 뿌려지는 선홍빛 피는 유난히 더 선명하고 붉어서 아름답기까지 했다.

물론 아직 살아 있는 흑웅채 도적들의 눈에는 결코 아름다운 장면이 아니었다.

미치도록 무섭고 절망스러운 광경이었다. 그리해 연화의 무감정한 눈이 기계적으로 돌려졌을 때, 그들이 떠올린 것은 그저 죽음, 그 단순한 현실이었다.

"끄으으윽!"

마지막 생명의 애처로운 단말마가 공허하게 울렸다.

털썩!

맥없이 쓰러지는 한 구의 주검을 끝으로 그곳에는 서 있는 자도 숨을 쉬는 자도 없었다.

자신이 만든 지옥도를 무심히 훑어가던 연화가,

"후우……."

나직이 한숨을 토한다.

그것은 가라앉은 살심의 찌꺼기였다.

마지막 하나의 생명이 사라지자 거짓말처럼 살심도 사라졌다.

잠시 그렇게 지옥도를 둘러보던 연화는 다시 걸음을 내디뎠다.

여전히 정해 둔 목적지는 없다.

그저 끌리는 대로.

마치 아무런 일도 없었다는 듯이.

발길 닿는 대로.

그렇게 다시 한참을 걸었고 어딘지 모를 곳에 이르렀다.

특별할 것 하나 없는 곳이었다.

풀이 있고 나무가 있고 바위가 있다.

그런데도 묘하게 마음이 편안해진다.

아니, 그건 차라리 노곤함이다.

바위에 걸터앉았다.

문득 오색의 신비로운 빛에 가려져 얼굴도 이름도 모를 사내의 흐릿한 형상이 뇌리를 스쳐 간다.

왜일까?

왜 그 사내만 생각하면 이렇게 가슴이 뛰고 먹먹한 그리움이 밀려드는 것일까?

언제고 만나게 될 것 같은, 아니, 꼭 만나야만 할 것 같은 이 기분은 뭘까?

하지만 생각은 길지 않았다.

밀려드는 노곤함에 스르르 눈이 감긴다.

몽연해지는 의식의 끝자락에 의문 하나가 신기루처럼 스쳐 간다.

'대체…… 그는 누굴까?'

*　　*　　*

"루하!"

설란이 단단히 화난 목소리로 소리를 꽥 질렀다.

"너 또 빙백음혼사의 내단 꺼내 썼지? 내가 응급용으로만 잠깐씩 쓰는 거라고 그랬잖아! 공기랑 닿으면 닳아 없어진단 말이야! 천금을 주고도 구하기가 어려운 거라니까!"

"어쩔 수 없잖아. 더워 미쳐 버리겠는데. 이거 완전 앵속이야, 앵속. 중독성이 장난 아냐. 한번 시원한 맛을 보고 나니까 끊을 수가 없어. 천금이고 만금이고 나중에 다 갚아 줄 테니까 이거 폭염이 다 끝날 때까지만이라도 그냥 나 쓰자. 응?"

"안 돼! 겨우 더위 때문에 이 귀한 걸 쓰는 게 말이 돼?

사치도 정도껏 해야지, 전에는 동전 한 푼도 허투루 안 쓰더니 유명세 좀 얻었다고 사람이 너무 변한 거 아냐? 초심을 지키라고, 초심을."

"'겨우 더위'가 아니라고! 아무리 내 몸이 예민해졌다고 해도 올 여름은 정말 역대급으로 덥다고! 그리고 환경이 변했으면 사람도 바뀌는 게 인지상정이지! 이래 봬도 사왕을 죽인 몸이시라고. 그런 내가 예전처럼 동전 한 푼에도 벌벌 떨면 그건 초심이 아니라 궁상이잖아! 이제부턴 돈 걱정할 일도 없고 죽어서 그 돈 다 싸 짊어지고 갈 것도 아니고, 지금부터라도 살아 있는 동안 누릴 거 다 누리면서 살겠다는 게 뭐 잘못됐어? 사치든 뭐든 여름 정도는 좀 시원하게 보내고 싶다니까!"

"안 된다면 안 돼! 정 그렇게 사치하고 싶으면 나중에 네 돈으로 직접 사서 해. 이건 엄연히 내 거니까."

"우리 사이에 니 거 내 거가 어디 있어? 니 게 내 거고 내 게 내 거인 거지. 어차피 곧 혼례를 치를 사이잖아?"

"흥! 됐거든? 난 아직 너랑 결혼할 생각 없거든?"

"아직 생각 없으면 나중에는 생각 있다는 거네?"

"뭐? 그게 무슨……."

"아, 됐어. 아직이든 나중이든 그런 건 상관없으니까. 나는 무조건 올해 안에 식을 치러 버릴 거니까!"

"누구 맘대로?"

"내 맘대로! 그래, 올가을이 좋겠네. 감각이 예민해져서 겨울도 엄청 추울 거니까 가을에 후딱 혼례를 치르고 겨울은 너랑 꼭 붙어서 좀 따뜻하게 보내지 뭐. 음…… 역시 신혼방은 좀 좁은 게 좋으려나?"

홀로 또 앞서가는 루하를 보며 설란이 더 말을 섞기도 귀찮다는 듯 한숨을 푹 내쉬고는 빙백음혼사의 내단이 담긴 목함만 빼앗아서는 자신의 가방에 챙겼다.

설란이 잠시 자리를 비운 틈에 잠깐 더위나 식힐 목적이었지 딱히 내단을 끝까지 사수할 생각은 없었던 루하가 설란이 하는 양을 지켜만 보다가 대뜸 자리를 옮겨서는 설란의 무릎을 베고 눕는다.

그 갑작스럽고 민망한 행동에도 의외로 별다른 거부 반응이 없는 설란이다.

한두 번이 아니었다.

여정의 첫날 그렇게 첫 개시를 한 후로 지금까지, 루하는 이어지는 여정 내내 틈만 나면 설란의 무릎을 찾았다.

민망함에 거부도 해 보고 밀쳐도 보았다. 하지만 마치 갓난아기가 엄마 젖을 찾듯 집요하고 끈질긴 공략에 결국 두 손 두 발 다 들어 버리고 말았다.

그렇게 체념은 익숙함이 되고 익숙함은 당연함이 되어

설란의 무릎은 더 이상 그녀의 것이 아니게 되었다.

루하만의 전용 베개로 전락한 지 오래였다.

자신의 무릎을 베고 누운 루하를 보며 설란이 물었다.

“덥다면서? 더워서 미쳐 버릴 것 같다면서? 이러면 더 안 덥니?”

“덥지. 그래도 어떡해? 더워서 미쳐 버릴 것 같아도 이러고 싶은데. 이게 더 좋은데. 그러니까…… 부채질이라도 좀 해 주라. 응?”

잔뜩 불쌍한 표정을 지으며 짐짓 울먹이기까지 하는 루하를 보자니 ‘에휴’ 절로 한숨이 나는 설란이다. 하지만 어느새 그녀의 손에 들려 있는 부채는 산들산들 루하의 머리맡을 식히고 있었다.

루하가 기분 좋은 표정으로 눈을 감는다.

그런 루하를 내려다보는 설란의 입가에도 살포시 미소가 걸렸다.

그들을 태운 마차가 의선가에 도착한 것은 그로부터 사흘 후였다.

第二章

마성의 미소년 예천향

수백 년 동안 천하제일의 의가로 이름을 떨쳐 온 의선가는 삐죽삐죽한 산봉우리와 깎아지른 절벽으로 유명한 하북성 창암산(蒼巖山) 아래 현죽촌(玄竹村)에 있었다.

"어이쿠! 아기씨! 그동안 통 안 보이시더니 어딜 다녀오신 겝니까요?"

"세상에! 우리 아기씨, 그새 더 예뻐지시기까지 하셨네? 이젠 정말 돌아가신 주인마님이랑 영락없이 똑 닮아 가네요."

"아기씨, 엊그제 울 마누라가 둘째를 낳았는데 아기씨와 똑 닮은 공주님입니다요. 이러다 진짜 아기씨처럼 예뻐지면 아까워서 시집을 어떻게 보낸답니까? 아기씨를 보며 늘 아깝다, 아깝다 하시는 가주님 심정을 이제야 좀 알겠지 뭡니까요. 하하하하!"

마차를 타고 가기에는 워낙에 길이 좁고 험한 현죽촌이라 마차에서 내려 입구로 들어섰더니 여기저기서 촌부들이 반갑게 인사를 건네 온다.

격의 없이 건네 오는 말 속에는 진심 어린 공경이 느껴졌고, 툭툭 던져오는 농담 속에는 깊고 살가운 정이 있었다.

그것만으로도 이곳 현죽촌에서 의선가가 어떤 의미인지, 어떤 존재인지 충분히 알 수 있었다.

'같은 명문가라고 해도 제갈세가와는 분위기가 완전 다르네.'

제갈세가가 있던 합비의 려양(廬陽)은 마을 전체가 어딘지 경직되어 있었다. 한낱 촌부에게서조차 묘한 긴장감이 느껴졌다.

'사람을 죽여서 이름을 얻은 곳과 사람을 살려서 이름을 얻은 곳의 차이려나?'

어쨌든 덕분에 마음은 놓인다.

현죽촌 사람들의 순박한 얼굴들과 가족 같은 정겨움이 처음 설란을 만나고 가졌던 의선가에 대한 막연한 두려움과 명문가의 이름 앞에 어쩔 수 없이 위축되던 마음을 씻어준다.

"근데…… 대나무들이 왜 저래?"

루하가 의아한 얼굴로 마을을 둘러싸고 있는, 사방에 가득한 대나무밭을 본다.

신기하게도 죄다 검었다.

대나무 줄기가 검은색을 띠어서 오죽이라고 부르는 대나무가 있다는 이야기는 들어 봤지만 저렇게 잎까지 검은 대나무는 듣도 보도 못한 것이었다.

"원래 이 마을의 이름은 현죽촌이 아니라 혈연으로 묶여 있던 진가촌이었는데 유전적으로 다들 호흡기와 폐가 안 좋았어. 심증을 앓는 사람도 많았고. 그래서 아이가 태어나면 세 명 중 한 명은 삼칠일이 되기 전에 죽고 한 명은 스무 살을 넘기지 못했고 남은 한 명만 겨우 천수를 다했어."

그때 조화지기를 찾아 이곳 창암산에 도착한 의선가의 개조 의성(醫聖) 예좌흔(譽佐欣)이 진가촌의 안타까운 사연을 접하고 호흡기와 폐에 약효가 좋으면서도 누구나 쉽게 손에 넣을 수 있는 대나무를 심은 것이었다.

"처음엔 응급한 환자들만 간단히 처치하고 떠날 생각이었다나 봐. 근데 저주받은 마을이라며 외면받고 천대받던 사람들인데도 성정이 너무 순박하고 맑아서 차마 그들을 외면하고 발길을 돌릴 수가 없어서 아예 눌러살게 된 거지. 그래서 지금의 의선가가 생겨난 거고. 대나무가 검은 건 의선가 칠백 년 노력의 산물이야. 대나무를 최고의 약재로 만드는 과정에서 저렇게 변이된 거거든."

"그래서 다들 저거 먹고 고질병은 다 나은 거야?"

"다 나은 건 아니고 많이들 좋아졌어. 보통 사람들보다는 아직 호흡기가 약하긴 하지만 그래도 이제 그것 때문에 일찍 죽는 사람은 없으니까."

흔히 의술은 인술이라는 말이 있지만 그것을 칠백 년 동안이나 실천하고 있었다는 것이 놀라웠다. 그런 한편으로 의선가가 천하제일의 의가로 세상 사람들에게 존경받는 이유도, 마을 사람들이 진심 어린 공경을 설란에게 보내는 이유도 이제야 알 것 같았다.

그렇게 의선가에 대해 조금은 달라진 마음으로 감탄하는 사이 어느덧 의선가에 이른 그들이다.

'우와! 크다!'

의선가를 본 첫 느낌이다.

살면서 본 건물 중에서는 제갈세가의 건물이 지금껏 가장 컸다. 황제가 사는 황궁이 그러할까 싶을 만큼 컸던 제갈세가인데 의선가는 그보다 족히 다섯 배는 될 듯했다.

그리고 두 번째 느낌은 의외로 한산하다는 것이었다.

의선가 정도 되면 대륙 각지에서 찾아오는 환자들로 문전성시를 이룰 줄 알았는데 그 문 앞은 어쩐 일인지 텅 비어 있었다.

루하가 눈살을 찌푸렸다.

"장사가 잘 되는 거 맞아? 손님 하나 없이 뭐가 이리 썰렁해? 지키는 경비 하나 없고."

"장사가 뭐니, 장사가. 손님이 아니고 환자거든? 매일같이 병든 환자가 드나드는 곳에 경비를 어떻게 세우니?"

"손님이든 환자든 어쨌거나 사람이 너무 없잖아?"

하지만 루하는 의선가의 문을 넘는 순간 자신의 말이 완전히 잘못되었다는 걸 깨달았다.

수십 명은 되어 보였다.

혹은 대야를 들었고, 혹은 약탕기를 든 사람들이 하나같이 정갈하게 백의를 차려입고 마치 전쟁통마냥 바쁘게 뛰어다닌다.

고작 의선가의 입구였다.

그 뒤로, 옆으로 그보다 더 넓고 큰 전각이 스무 채나 더 있었다.

일순간 멍해 있는 루하를 보며 설란이 설명했다.

"의선가를 찾는 환자만 해도 하루에 평균 이천 명이 넘는데, 이 무더운 여름에 병든 환자를 어떻게 밖에다 세워두니? 그러다 더 큰 병이 생길 수도 있는데. 겨울은 더 위험하고."

“그럼 환자라고 찾아오면 무조건 다 받는 거야?”

“일단 깨끗한 병실에 모신 다음에 병세부터 살피고, 바로 치료가 되는 거면 치료해서 보내고 장기적으로 치료를 해야 하는 환자면 따로 내실로 옮겨서 치료를 해.”

“그래서 지금 의선가에 있는 환자 수가 몇인데?”

“적게는 만 명에서 많게는 만 오천 명? 매일 변동이 좀 있긴 하지만 보통 그 정도야.”

“만 명? 만 오천 명?”

절로 입이 떡 벌어진다.

썰렁하다고 했던 말이 무색을 넘어 무식했을 정도다.

“그 많은 환자를 어떻게 다 돌봐?”

“분타로 나가 있는 분들을 제외하고도 이곳에서 수련하는 의원들만 오십 명 정도에 그들을 돕는 의녀가 칠백 명 정도 되니까 뭐, 환자를 돌보는 데는 큰 문제 없어.”

의선가의 건물이 왜 이렇게 큰지 그제야 알았다.

환자 만 오천 명에 상주하는 의원, 의녀들 수백, 그에 딸린 가솔들까지 생각하면 오히려 이 큰 건물조차 좁지 않을까 생각될 정도였다.

그때 물이 담긴 대야를 들고 어딘가로 급하게 달려가는 묘령의 여인을 설란이 불렀다.

“애령아.”

그제야 설란을 알아차린 여인이 놀란 눈을 한다.

"아가씨? 제갈세가에 계신 것 아니었어요? 빨라도 내년에나 돌아오신댔잖아요?"

"그냥 일이 좀 그렇게 됐어. 근데 의가 분위기가 좀 어수선한데, 무슨 일 있어?"

"사흘 전에 록천에서 진사문과 흑운방의 전쟁이 있었어요. 사상자 수가 오백이 넘어요."

설란이 눈살을 찌푸렸다.

"그럼 그 부상자들이 여기로 다 몰려온 거야?"

"예. 다들 금창이 중하고 상태가 나빠서 향응전(響膺殿)과 건청전(乾淸殿)을 비워서 치료를 하고 있어요."

"할아버지와 가주님은?"

"의선께선 내원에서 기존 환자들을 보고 계시고 가주께선 향응전에 계세요."

의녀의 말이 채 끝나기도 전에 설란의 걸음이 바쁘게 어딘가로 향했다. 얼떨결에 그녀의 뒤를 따라가 보니 왼편의 어느 전각이었다.

거침없이 전각의 문을 넘는 설란과는 달리 루하는 주춤했다.

그도 그럴 것이, 문을 넘기 전부터 시끄러운 신음 소리와 지독한 약향, 그 지독한 약향에도 지워지지 않는 역한 피비린내가 진동하고 있었던 것이다.

보지 않아도 안의 상황이 어떠할지 충분히 짐작할 수 있었다. 굳이 보고 싶지도 않았다. 하지만 혼자서 멀뚱히 있을 수는 없는 일이라 내키지 않는 걸음을 내디뎌 전각의 문을 넘었다.

그렇게 전각 안으로 들어서자 약향과 피비린내는 더 심해졌다. 그런 루하의 시야로 마치 연무장처럼 넓은 대청마루와 그 안에 빼곡하게 채워져 있는 피투성이 환자들이 보였다. 그리고 그 속에서 의녀들과 의원들이 분주하게 오가고 있었다.

흘러나오는 신음들과 곳곳에서 터지는 비명들. 흉측하게 벌어진 상처에서는 힘껏 누르고 있는 의녀의 손을 비집고 꿀럭꿀럭 피가 뿜어나기도 하고, 겨우 붙어 있는 숨을 힘겹게 토하며 살려 달라 애원하는 자도 있다.

그 급박하고 처절한 광경에 루하가 얼이 빠져 있는 사이 설란이 어딘가를 향해 외쳤다.

"아버지!"

설란의 외침에 환자들 속에 묻혀 있던 중년인이 허리를 편다.

설란의 부친이자 의선가의 가주 예백령이다.

그런데 행색이 엉망이다.

얼굴은 땀범벅에 옷은 피범벅, 심지어 환자에게 머리채라도 잡혔는지 문사건이 무색할 정도로 봉두난발에 며칠 잠도 못 잤는지 눈까지 퀭했다.

생각했던 모습과는 너무 다르다.

의선가의 가주쯤 되는 양반이라면 한가로이 약재나 챙기고 단약이나 만들고, 가끔 지체 높은 사람들에게 침술이나 선보이면서 그렇게 고상하고 근엄하게 지낼 줄 알았다. 첫 대면이 저렇게 현장 냄새 풀풀 풍기는 모습일 거라고는 상상도 못 했다.

예백령에게도 그들의 등장이 뜻밖이기는 마찬가지여서 어리둥절해하며 설란에게 묻는다.

"네가 여긴 어찌 온 것이냐? 제갈세가의 일은 어찌하고? 남궁세가의 참변을 듣기는 했다마는 그 때문인 게냐?"

설란이 고개를 저었다.

"그냥 여러 일이 생겨서 제갈세가의 일은 잠시 미루고 왔어요. 남궁세가에 변이 생긴 건 그 이후의 일이었구요."

"여러 일이라니?"

"조화지기가 완성되었어요."

"뭐?"

"이 애의 몸에서 조화지기가 모두 깨어났어요."

설란의 말에 그제야 루하를 보는 예백령이다.

"이분이 그……."

예백령의 눈길에 루하가 공손히 예를 취했다.

"정루하입니다."

"아, 삼절표랑 정 소협이시군요. 란이로부터 말씀을 많이 들었습니다. 팔공산에서의 활약도 소문으로 들었구요."

"말씀 편히 하세요. 이제 곧 한 식구가 될 사이인데요, 뭐."

"예? 한 식구가 될 사이라니요?"

의아해하는 예백령에게 루하가 히죽 웃으며 뭐라 말을 하려는데, 설란이 당황하며 버럭했다.

"또 무슨 헛소릴 하려고!"

"헛소리는 무슨…… 말했잖아? 어른들을 찾아뵙고 우리 사이의 정혼……."

"그만!"

설란이 손으로 급히 루하의 입을 틀어막았다.

"한 마디만 더 하면 너 홀딱 벗은 몸, 그림으로 그려다가 우리 의선가의 교재용 인체도로 써먹어 버릴 줄 알아! 네 알몸 정도는 눈 감고도 그릴 수 있는 거 알지?"

"뭐? 야! 아무리 그래도 그렇지, 내가 명색이 무림제일의 신비인으로 불리는 사람인데……."

"그러니까 이상한 소리 하지 말란 말이야. 이런 분위기 속에서 그런 실없는 농담이 하고 싶니?"

“실없는 농담 아니거든? 난 한 번도 진심이 아니었던 적이 없거든?”

“아, 됐어! 나도 완전 진심이니까 만천하에 알몸을 까발리고 싶거든 어디 한번 계속해 봐.”

설란의 눈빛은 확실히 진심으로 보였다.

여기서 한 마디라도 더 했다가는 정말로 만천하에 자신의 알몸이 내걸릴 판이다.

‘여기까지 오는 동안 무릎도 내주고 손부채도 해 주고, 해 줄 건 다 해 줘 놓고 새삼 왜 저래? 하여튼 여자들 변덕이란…….’

괜히 심통이 나서 입술을 뾰루퉁이 내미는 루하지만 차마 더 입을 열 용기는 없었다.

그런 둘을 보며 의아해하기도 하고 어리둥절해하기도 하는 예백령이다. 하지만 이내 정신을 수습하고는 진중한 표정으로 물었다.

“혹시 실례가 안 된다면 맥을 좀 짚어 봐도 되겠습니까?”

예백령의 말에 순간 움찔하는 루하다.

처음에 가졌던 의선가에 대한 막연한 두려움과 경계가 지금 이 순간 본능적으로 튀어나온 것이었다. 하지만 그토록 완강히 거부했던 의선가행을 결심했을 때부터 막연한 두려움이나 의심은 접기로 했다. 설란을 믿는 만큼 의선가도 믿어 보기로 했다.

잠시 멈칫했던 루하가 이내 손목을 내밀었다.

예백령이 루하의 손목에 손가락을 대고 진맥을 본다. 그리고 이내 설란의 말대로 다섯 가지의 조화지기가 모두 깨어 있는 것을 확인하고는 그 눈에 흥분과 안도를 담는다.

"정말 조화지기가 모두 깨어났구나."

설란을 보는 눈에도 주체할 수 없는 기쁨이 담겨 있다.

그에 공명하듯 새삼 설란의 눈가가 붉어졌다.

"이제 천향일 살릴 수 있는 거죠?"

가녀리게 떨려 나오는 설란의 물음에 힘주어 고개를 끄덕였다.

가장 아프고 가장 안타깝고 가장 미안한 아들이다.

매달리고 매달리다 끝내 포기할 수밖에 없던 생명이다.

"살릴 수 있다. 분명 살릴 수 있을 게다. 할아버님은 뵈었느냐?"

"아뇨. 여기로 바로 온 거예요."

"그럼 일단 내원으로 가서 할아버님께 인사부터 드리거라."

"아버지는요?"

"보다시피 여기 일이 바쁘다. 손을 놓을 수 있는 상황이 아니니 일단 여기 일을 정리하고 나서 나도 바로 내원으로

가마.”

당연하다는 듯 고개를 끄덕이는 설란을 뒤로하고 다시 그 급박하고 처절한 현장 속으로 뛰어들어 가는 예백령이다.

그 같은 광경이 루하에겐 전혀 당연한 일이 아니었다.

아득한 절망 속에서 겨우 찾은 희망이다. 만사 제쳐 두고 아들 목숨부터 돌보는 것이 당연지사고 인지상정일 텐데, 망설임 없이 환자에게로 달려가는 예백령의 모습이 묘하게 신선했다. 세상을 보는 눈이 꽤나 염세적인 그의 눈에 그 모습이 전혀 가식으로 보이지 않는 것이 신기하기도 했다.

‘역시 세상의 존경을 받는 데는 다 그만한 이유가 있는 거로군.’

비로소 의선가에 대한 신뢰가 완전해지는 느낌이었다.

“뭐해? 안 가?”

그사이 향응전을 빠져나가던 설란이 그를 재촉했다.

“알았어. 가.”

분주히 환자를 돌보는 예백령을 잠시 더 바라보던 루하가 이내 설란의 뒤를 쫓았다. 그리해 그가 당도한 곳은 의선가 내원에 있는 성심전(聖心殿)이란 곳이었다. 그곳에 의선가의 최고 어른이자 설란의 조부인 성수의선 예운형이 있었다.

*　*　*

설란이 예운형에게 물었다.

"할아버지, 루하의 몸에 깃든 조화지기로 영천단을 만들 방법을 찾으셨어요?"

예운형이 대답했다.

"아직 찾지 못했다. 하지만 조화지기가 깨어났으니 분명 많은 시간이 걸리지는 않을 게다. 그래, 조화지기가 깨어난 후로 달리 특별한 이상 징후는 없더냐?"

"음…… 일단 신체 능력이 강해졌어요. 물론 조화지기가 다 깨어나기 전에도 평범하진 않았지만 조화지기가 완전히 깨어나고부터는 수치를 잴 수조차 없을 정도로 변했어요. 힘과 힘의 대결에서 이 갑자의 내가 고수인 대력귀도 이여립을 일수에 날려 버렸을 정도로요. 내공으로만 따지면 여전히 이십 년 내공에 불과한데도 말이에요. 근데도 그게 다가 아니래요. 루하 말로는 단전에 훨씬 더 크고 훨씬 더 강한 힘이 숨어 있는데, 그게 다 나오지 않고 있대요."

"그게 사실이라면 네 말대로 측량이 불가능할 정도의 내력이 그 몸에 깃들어 있다는 뜻이로구나."

"단지 신체 능력만 강해진 게 아니에요. 전에 말씀드렸죠? 삼재검을 한 번에 익혔다고. 그때는 그게 조화지기 때문인지 아니면 타고난 재능 때문인지 단정을 내리기가 모호했는데 이젠 분명해졌어요. 조화지기 때문이에요. 그게 아니라면 몇 번 본 것만으로 단혼팔문도를 그렇게 완벽히 펼쳐 내지는 못했을 테니까요."

그 이야기는 처음 듣는 듯 설란의 말에 예운형이 놀란 눈을 크게 뜬다.

"그게 정말이냐? 몇 번 본 것만으로 정말 단혼팔문도를 익혔단 말이냐?"

"예. 그걸로 잔혹도마 구귀광을 죽였으니까요."

"허…… 조화지기의 효능이 무(武)에 대한 재능에까지도 영향을 미쳤다는 말이 아니냐? 허면, 혹시 두뇌는 어떻더냐? 두뇌도 그렇게 좋아졌더냐?"

"음…… 그건 아닌 것 같았어요. 영악하고 머리가 좋은 아이이긴 한데, 그게 조화지기의 영향을 받았을 정도로 그렇게 막 천재적으로 뛰어나고 그런 건 아니었거든요."

설란의 말에 뭔가 납득이 간다는 듯 고개를 주억거리는 예운형이다.

그때,

"여보세요들. 나 지금 여기 있거든요? 아무리 조손간에 우애가 돈독해도 그렇지 당사자를 앞에 두고 너무 없는 사람 취급하는 거 아니에요? 물어볼 게 있으면 나한테 직접 물어보는 게 낫지 않겠어요? 그리고 너, 그렇게 천재적으로 뛰어난 머리가 아니라서 참 미안하기 그지없네그려."

루하가 그들의 행태에 어처구니없어 한다.

예운형이 급히 사과를 했다.

"이거 손자의 목숨이 달린 일이라 그만 정신이 없어 결례를 범했소이다."

머리를 긁적이며 황망해하는 그를 보고 있자니 성수의선이라 불리는 이 대단한 위인도 살짝 허당기가 있어 보인다.

루하는 그 정도는 다 이해한다는 듯 손을 내젓고는 설란을 보며 물었다.

"근데 넌 정작 제일 중요한 얘기는 왜 빼먹어?"

"뭘?"

"환골탈태 말이야."

"그렇잖아도 지금 막 말씀드리려던 참이거든?"

그들의 말을 듣고 있던 예운형이 의아해하며 물었다.

"무슨 말씀이오? 환골탈태라니?"

설란이 대답을 하기 전에 루하가 먼저 치고 나왔다.

"여기 이놈 보이죠? 이게 뭐 같아요?"

루하가 가리키는 것은 닭수리였다. 의선가에 들어와서도 한순간도 그의 곁을 떠나지 않는 녀석이다. 지금도 루하의 어깨에 걸터앉아 있었다.

"보기엔 이래 보여도 이놈 이거 닭이에요."

"이게 닭이라고요?"

"예. 환골탈태를 하고 나더니 이렇게 변하더라구요."

"허면 이 아이가 정말 닭이 환골탈태를 한 것이란 말씀이오? 한데 어떻게 닭이 환골탈태를……?"

"제가 시켰어요."

"……?"

"제가 이 녀석을 환골탈태시켰다고요."

루하가 재차 말했지만 여전히 잘 이해가 안 된다는 듯 의아함을 지우지 않고 설란을 보는 예운형이다.

그런 예운형에게 설란이 닭수리에게 일어났던 일들을 상세히 설명했다.

설란의 이야기가 이어지는 동안 예운형의 얼굴은 시시각각 변하고 있었다. 놀라움을 바탕에 두며 신기해하기도 하고, 호기심으로 눈을 반짝이기도 하고, 때론 감탄을 토하기도 한다. 그러다 마지막으로 그의 노안에 머문 것은 가능성에 대한 희망이고 확신이었다.

루하가 그 의미를 파악하고 물었다.

"어때요? 조화지기라면 사람을 환골탈태시키는 것도 충분히 가능한 일 아니에요?"

루하는 물론이고 설란마저도 숨죽이며 예운형의 대답을

기다렸다.

천하제일의 의원이고 천하에서 의학적 지식이 가장 풍부한 예운형의 대답 여하에 따라 설란에겐 동생의 목숨을 구할 방도가, 루하에겐 또 다른 가능성이 생겨나는 것이다.

"분명……."

예운형이 입을 열었다.

"가능한 일이다. 충분히 해볼 만한 시도다. 아니, 천향이에겐 어쩌면 가장 적합하고 성공 확률이 높은 방법일 수도 있다."

오랜 병마와 싸우느라 약해질 대로 약해진 예천향이다. 영천단이 완성된다 하더라도 그 강한 약효를 과연 무사히 견뎌 낼 수 있을지 장담할 수 없는 일이었다.

"영천단을 사용하면 자칫 심마에 들거나 주화입마에 빠질 위험도 있지만, 조화지기로 바로 환골탈태를 시킬 수 있다면 분명 그런 위험은 피할 수 있을 것이야."

"그래도 조화지기를 그대로 쓴다는 건…… 사람한텐 효과가 없을 수도 있고 효과가 있다고 하더라도 생각지 못한 변수가 발생할 수도 있잖아요?"

"어떤 환자든, 어떤 의술이든 사람의 인체란 것이 워낙에 변화무쌍하고 끝을 알 수 없는 것이기에 예기치 못한 변수는 언제나 도사리고 있기 마련이다. 그 변수를 대비하고 위험을 최소화하는 것이 늘 우리가 해 온 일이 아니더냐? 내가 있고 네 아비가 있고 또한 네가 있는데도 그러한 변수를 극복하지 못한다면 그건 진인사로 할 수 있는 일이 아닌 게지. 천향이의 명이 결국은 거기까지인 게야."

예운형의 말에 설란이 입술을 잘근 깨물어 불안한 마음을 누른다.

루하가 벌떡 몸을 일으켰다.

"뭐, 그럼 시간 끌 거 없이 바로 가죠. 이왕 하는 거 한시라도 빨리 시작하는 게 낫잖아요."

루하의 말이 옳았다.

당장 내일 어떻게 된다 해도 이상할 것이 없을 만큼 위태롭고 여린 생명이었다. 어차피 조화지기에 그 생명을 걸어 보기로 한 마당에 미적댈 이유가 없었다.

그들은 곧바로 설란의 동생 예천향의 방으로 향했다. 그 사이 예백령도 곧 치료를 시작할 거라는 소식에 급히 달려왔다.

그렇게 루하는 말로만 듣던 설란의 동생을 처음으로 보았다.

'애가 내 미래의 처남 될 녀석이란 말이지?'

예천향은 깊이 잠이 든 상태였다.

병증이 심해지고 고통이 커져서 예운형이 의선가의 비전

침술로 수면에 들게 했다고 한다.

'그나저나 이거 사내가 맞긴 한 거야?'

아무리 설란의 동생이고 검향선녀의 아들이라지만 이건 도무지 사내의 얼굴이 아니다. 보는 순간 '헉!' 소리가 날 정도로 미소년이다. 그 잘생긴, 아니, 아름답고 수려한 미모는 완연한 병색으로도 전혀 가려지지 않았다.

설란에게는 좀 미안한 말이지만 단순히 미모로만 따지면 오히려 설란보다도 더 뛰어나 보일 정도였다.

그야말로 마성의 미소년.

'이거 내가 얘를 살리는 게 잘하는 일인가 모르겠네.'

어쩌면 이 아이 하나를 살리는 게 앞으로 수천수만의 여인네들 단장을 후벼 파는 일이 되지나 않을까?

하지만 어차피 선악을 저울질할 만큼 고매한 인품도, 고리타분한 성격도 아니다.

"지금 이 수면 상태에서 바로 시작해도 돼요?"

예운형이 고개를 끄덕였다.

"지금이 심신이 가장 안정된 상태이외다. 수면에서 깨면 혈류도 빨라지고 그리되면 다시 절맥의 증상이 심해져 심신이 모두 불안정해질 터, 그 상태라면 어쩌면 저 아이의 몸이 조화지기를 받아들이지 못할지도 모르오."

"그러니까 지금 이 상태가 치료를 하기에 가장 적합한

상태라는 거죠?"

예운형이 다시 고개를 끄덕이자 루하는 망설이지 않고 예천향의 앞에 앉았다.

가까이서 보는데도 도무지 사내 같지가 않다.

아니, 여자보다 더 여자 같다. 심지어 남자인 자신마저 괜히 마음이 설렌다.

'그러고 보면 아픈 것 말고는 다 가진 녀석이네.'

의선가의 장남에 외가는 단씨세가이고, 눈부시도록 뛰어난 외모에 절맥의 병을 타고난 자들이 대개 그러하듯 머리까지 좋다고 한다. 거기다 이번 치료가 성공해서 환골탈태까지 하게 되면 유일한 약점이었던 신체마저 완벽해지게 된다.

'금수저도 이런 금수저가 또 있겠냔 말이지.'

자신이 딱 싫어할 만한, 재수 없는 인간상이라고나 할까?

설란의 동생만 아니라면 아파 죽든 말든 거들떠도 안 봤을 테지만 어쩌랴, 설란의 친혈육이자 자신에겐 처남이 될 아이인 것을.

그리고 의선가에 들어와서 한 가지 새롭게 결심한 것이 있다.

설란을 의선가에 두지 않겠다는 것.

의선가의 후계를 잇게 하지 않겠다는 것.

낮에 그가 본 의선가는 상상하고 선망했던 모습과는 완전히 다른 것이었다. 피비린내 나는 그 향응전에서 치열하게 환자를 돌보던 예백령의 모습이 설란의 미래라 생각하니 그건 정말이지 너무 암울했다. 아무리 수련하는 의원들이 수십에 의녀들이 수백 명이라 한들 매일 만 명이 넘는 환자를 돌봐야 하는 삶이란 건 생각만으로도 숨이 턱 막혀올 지경이다.

설란에게 그런 짐을 지게 하고 싶지 않았다.

자신의 옆에 딱 붙여 놓고 손에 물 한 방울 묻히고 싶지 않은 것이 사내의 마음인데 하물며 피가 마를 날이 없는 인생이라니?

그 고단한 삶을 어떻게 옆에서 지켜보리오.

그래서 예천향이 살아 줘야 했다.

예천향이 살아서 든든히 의선가의 후계를 책임져 줘야 설란도 마음 편히 자신의 옆에 있을 수 있을 테니까.

"전에 닭수리한테 했던 것처럼 그렇게 하면 되지?"

설란을 보며 물었다.

"응. 이번엔 할아버지가 지시를 하실 거니까 할아버지가 시키는 대로 따라서 조화지기를 흘려보내면 돼."

설란은 간단히 말했지만 그걸 받아들이는 입장에서는 전혀 간단한 것이 아니었다. 닭수리 때야 어차피 한낱 미물일

뿐이었지만 지금 그의 손에는 사람의 목숨이 달려 있었다. 긴장이 되는 거야 당연했다.

그렇게 비장감이 흐르는 가운데서 이윽고 예운형이 입을 열었다.

"우선 기혈의 운행 중 가장 중심이 되는 통로인 십이정경부터 시작할 것이외다. 십이정경은 수삼음경, 수삼양경, 족삼음경, 족삼양경을 말하는 것인즉, 먼저 음경의 오장부터 조화지기를 보낼 것이니 왼쪽 엄지발가락에서 삼 푼 아래에 손을 가져다 대시구려."

그렇게 시작된 치료는 걱정과는 달리 이렇다 할 변수나 위험 없이 진행되었다.

역시 닭수리를 상대로 한 번 경험을 했던 것이 크기도 했지만, 무엇보다 루하가 한 번씩 실수를 하거나 당황할라치면 그때마다 예운형이 노련하게 잘 이끌어 준 덕분이었다.

그리고,

"됐어! 됐어! 변화가 시작되고 있어!"

설란의 들뜬 목소리와 동시에 예천향의 환골탈태가 시작되었다.

第三章

완전 끝내주는 귀소본능

'이게 사람의 얼굴이 맞긴 한 거야?'

길었던 환골탈태의 시간이 끝나고 언제 그랬냐 싶게 평온을 찾은 방 안.

여전히 수면 상태에 빠져 있는 예천향을 보며 루하는 새삼 감탄했다. 가뜩이나 예쁜 얼굴이 환골탈태를 하고 나서 더 예뻐졌다. 앵두처럼 붉고 앙증맞은 입술은 한층 더 탐스럽게 반짝이고 백옥 같던 피부에선 아예 윤기마저 난다.

'이젠 진짜 그때 그 강시랑 비교해도 꿀리지 않겠는데?'

그렇게 예천향의 한층 더 빛나는 미모에 감탄을 하고 있을 때였다.

파르르르—

예천향의 길고 가지런한 속눈썹이 파르르 떨리는가 싶더니 서서히 눈이 떠졌다.

크고 깊은 눈동자는 티끌 한 점 없이 맑다.

아니, 숨 막히도록 심연하고 신비롭다.

화룡점정, 용의 그림에 마지막 눈동자를 찍는다는 것이 이런 느낌일까?

그런데, 그 숨 막히도록 심연하고 신비로운 눈으로 루하를 보는데 왠지 그 눈빛이 심상치 않다.

죽은 낭군을 다시 만난 십 년 청상과부의 눈빛이 저러할까?

전쟁터에 끌려갔다 돌아온 자식을 보는 눈이 저러할까?

고혹적이면서도 뜨겁고 애틋하면서도 간절하다.

'왜……?'

자신이야 치료를 하는 내내 예천향을 보았지만 예천향은 자신을 처음 보는 것일 텐데 대체 저 괴이쩍은 눈빛은 뭐란 말인가?

더 어이없는 것은 같은 사내의 저 끈적한 눈빛이 마땅히 징그러워야 할 일인데, 왜 주책없이 심장은 쿵 하고 내려앉고 침은 꼴깍 삼켜진단 말인가?

'설마…… 내 안에 나도 모르는 그런 취향이 있었던 건

아니겠지?'

루하가 심각하게 자신의 성 정체성을 의심하고 있을 때, 예운형이 손자에게로 다가가 앉았다.

"정신이 드느냐?"

그제야 루하에게서 눈을 뗀 예천향이 예운형을 본다.

"할아버지…… 이게 어떻게 된 일이에요? 그리고 저분은……?"

"은인께 인사를 드리거라. 네 천형(天刑)을 벗겨 주신 분이다."

"그게 무슨 말씀이세요? 제 천형을 벗기다니…… 설마……."

"그래. 네 절맥은 이제 깔끔히 완치가 되었다. 달라진 것이 느껴지지 않느냐? 환골탈태를 이루었으니 달라진 것이 아주 많이 느껴질 터인데?"

"제가 환골탈태를 이루었다고요?"

그제야 예천향이 자신의 몸 상태를 살폈다.

예운형의 말대로였다.

아주 많이 달라졌다.

늘 물먹은 솜처럼 힘이 없던 몸은 기운이 넘쳤고, 막힌 기혈로 인해 신경까지 병들어서 손가락만 까닥해도 타는 듯한 작열통에 차라리 죽고 싶을 만큼 고통스러웠는데 그러한 고통이 말끔히 사라졌다.

"이게 어떻게……?"

치미는 감격에 목소리가 떨려 나온다.

이미 눈망울은 붉게 젖어 있었다. 그건 예운형과 예백령, 예설란 또한 마찬가지였다.

비록 누구 하나 소리 내어 울지는 않았지만 이미 방 안에는 폭풍 같은 격정이 휘몰아치고 있었다. 그 속에서,

"말했지 않느냐? 여기 정 소협께서 너를 구하셨다고."

애써 격앙되는 마음을 다잡은 예운형이 그렇게 운을 떼고는 자초지종을 설명했다.

루하가 누구라는 것과 루하의 조화지기로 절맥을 치료했다는 것, 그리고 그 과정에서 환골탈태를 이루었다는 것까지.

예운형의 설명이 이어지는 동안 예천향의 눈은 시종일관 루하에게 머물러 있었다.

그런데 그 시선이 여간 불편한 것이 아니었다. 자신의 생명을 구해 줬다는 것을 알게 되어서인지 조금 전보다 더 뜨겁고 더 끈적끈적한 눈빛을 던져온다.

민망하다 할지 부담스럽다 할지…… 그런 와중에도,

'내가 왜 설레는 거냔 말이야!'

요물이다.

아니면,

‘내가 정말 그런 취향이었던 건가?’

생각하면 끔찍하지만…… 정말로 자신도 몰랐던 진정한 자신을 이제야 발견하게 된 것일까?

‘그럴…… 리가 없잖아? 그럴…… 리가 없겠지? 응?’

* * *

“영천단의 재료들은 하나같이 천하에 다시없을 영약들이지만 각각이 그 성질이 너무도 강해서 보시다시피 하나로 섞이질 못하외다.”

작은 밥솥처럼 생긴 약탕기 안에는 사람의 형상을 하고 있는 삼(蔘)에서부터 어떤 동물의 뿔, 기이하게 생긴 비늘 등이 한데 섞여 있었는데 예운형이 하얀 약재 가루를 뿌릴 때마다 재료들에서 제각각의 색을 가진 액체가 흘러나왔다. 하지만 예운형의 말대로 마치 물과 기름처럼 그 각각의 액체는 서로 섞이지 못하고 있었다. 섞이기는커녕 오히려 서로를 밀어내는 듯도 보이고 공격을 하는 듯도 보여서 묘한 긴장감마저 느껴질 정도였다.

“그래서 조화지기가 필요한 것이외다. 조화지기로 이 제각각의 재료들이 가진 극성의 성질들을 다스려 하나로 섞일 수 있도록 정제시키고 순화시키는 것이지요.”

의선가에 머문 지 나흘째, 다들 바쁘게 돌아가는 의선가의 일상에서 루하만 홀로 할 일 없이 빈둥거리고 있던 중 예운형이 그를 불렀다.

영천단을 만드는 일에 도움을 달라는 것이었다.

어차피 할 일 없이 심심하던 차였다. 설란이라도 옆에 있으면 알콩달콩 콩이라도 볶을 텐데, 의선가에 들어오고부턴 동생의 완쾌를 제대로 기뻐할 틈도 없이 아침 일찍부터 날이 저물 때까지 환자들을 돌보느라 얼굴 한 번 제대로 보기 힘들었다.

게다가 영천단에 대한 호기심도 컸다.

설란의 말대로라면 영천단이 바로 죽은 사람도 살리고 내공을 익힌 자가 먹으면 일 갑자의 내공을 얻는다는 전설의 소림대환단이라고 했다.

말로만 듣던 소림대환단을 직접 볼 수 있는 기회일뿐더러 잘만 하면 몇 알 얻어 갈 수도 있겠다 싶었다.

'아무렴 내 덕에 연단에 성공하는 건데 설마하니 꽁으로 입을 닦진 않겠지.'

그렇게 부푼 꿈을 안고 시작한 일이다.

하지만 의외로 쉽지가 않았다.

발경을 통해 기를 직접 주입해 보기도 했고 상성과 상극의 이론에 따라 재료 하나하나마다 각각의 성질에 맞는 조화지기로 그 치열한 기운을 다스려 보기도 했다. 심지어는 자신의 피를 뽑아 재료에 담가 보기까지 했다.

그런데도 아무 소용이 없었다.

"사람도 환골탈태시키는 조화지긴데 고작 단약 하나 만드는 게 뭐가 이리 어려워요?"

"아무래도 원정의 상태가 아닌 것이 원인인 것 같구려. 지금은 사람의 기운과 섞인 상태이니 말이외다."

예운형의 말인즉슨, 사람의 기운이란 것이 워낙에 변화무쌍한 것이니만큼 조화지기가 가진 본연의 성질에도 어떤 영향을 미쳤을지 모른다는 것이었다.

"허나, 소협의 말씀대로 환골탈태의 기연까지 만들어 내는 조화지기외다. 그 본연의 성질에 변화는 있었을망정 결코 약해진 것은 아닐 터, 분명 무언가 방법이 있을 거외다."

예운형이 확신에 찬 말로 루하를 독려했지만 그로부터 다시 일곱 날이 지나도록 여전히 이렇다 할 진전은 보이지 않았다.

그날도 그렇게 허탕을 치고는 맥 빠진 걸음으로 자신의 처소로 돌아온 루하였다. 그런데 루하의 처소에는 먼저 온 손님이 있었다.

처소 문 앞에 가지런히 놓여 있는 낯익은 신발 한 켤레를 확인한 루하는 그 즉시 눈살을 찌푸렸다.

예천향.

반갑지 않은 손님이다.

그리고 이젠 새삼스럽지도 않은 손님이다.

의선가에 머문 열흘이 넘는 날 동안 하루가 멀다 하고 자신을 찾아오는 것은 물론이고 이젠 아예 제집 드나들 듯한다.

'뭐, 여기가 지네 집이긴 하지만…….'

신발을 보자 그렇잖아도 지친 일상의 피로가 한층 더 무거워지는 기분에 한숨을 푹 내쉬고는 방문을 열었다.

"어! 루하 형! 어서 와요!"

방문을 열자마자 참 반갑게도 맞는다.

"또 왜 왔어?"

루하가 귀찮은 기색 풀풀 풍기며 시큰둥하게 묻는데도 구김 하나 없이 생글생글 웃는다.

"그냥요. 그냥 자꾸 형 생각이 나서요."

"누차 말하지만 그런 낯간지러운 말은 계집애한테나 하는 거라니까."

참 다행스러운 것은 저 마성의 미모도 자주 보다 보니 익숙함인지 지겨움인지, 처음의 그 설렘은 더 이상 느껴지지 않는다는 것이다. 그리고 예천향이 보내오던 그 뜨겁고 끈적끈적하던 시선도 보다 보니 자신이 생각했던 것과는 많이 다른 것임을 알았다.

루하를 보는 눈빛이나 루하를 대하는 행동거지를 보면 그것은 마치 어미 오리를 쫓는 새끼 오리의 그것과 닮아 있었다.

뭐랄까…… 순수하면서도 또한 본능적인 집착이라고나 할까?

'닭수리 녀석이랑 딱 같은 증상인데 말이야.'

사람에게든 미물에게든 생명의 은인이라는 게 원래 이렇게 특별한 각인을 남기는 것일까?

어쨌든 덕분에 이젠 예천향의 눈빛이 징그럽지도 불쾌하지도 않다. 자신의 성 정체성에 대한 의심도 풀렸다.

'그건 참 다행한 일이긴 한데 말이야…….'

다 좋은데 역시 귀찮다.

'이 무더위에 내가 왜 남정네랑 한 방에 있어야 하냔 말이지.'

정작 보고 싶은 설란은 의선가에 온 후로 늘 바빠서 얼굴 한 번 보기가 어려운데.

'그렇다고 장래의 처남 될 녀석을 문전박대 해 버릴 수도 없는 노릇이고.'

루하는 뚱한 얼굴을 풀지 않은 채로 침상에 턱 걸터앉으며 손부채질을 했다. 이젠 열대야까지 제대로 와서 밤낮없이 아주 찜통이었다.

그런 루하를 보며 예천향이 물었다.

"루하 형, 더우세요?"

"덥지 그럼."

뭘 당연한 걸 묻냐는 투의 대꾸에 예천향이 품속에서 뭔가를 꺼냈다.

"그럼 이거 쓰실래요?"

작은 옥함이었다.

그런데 꽤 낯이 익다.

"설마 이거……."

"빙백음혼사의 내단이에요."

"뭐? 이거 네 누나 거잖아?"

"누나 건 따로 있고 이건 제가 특별히 약재창에 있던 걸 가져온 거예요."

"그래?"

"어때요? 쓰실래요?"

이르다 뿐인가.

그렇잖아도 본격적으로 열대야에 접어들면서 간절하기 그지없던 물건이다. 참다못해 설란의 가방까지 뒤질 계획을 짜고 있었다.

"쓰게 해 준다면야 나야 고맙지! 근데 정말 내가 써도 돼? 이거 쓰면 쓸수록 닳는 거라며?"

"괜찮아요. 어차피 더위가 가실 때까지만 쓰실 거잖아요. 그 정도면 상관없어요."

예천향이 천진난만하게 웃으며 옥함을 내민다.

설란이 그토록 귀히 아끼던 물건을 이렇게 선뜻 내주니 왠지 마음 한구석에 불안이 스멀거린다. 하지만 그런 것을 신경 쓰기에는 인간적으로 이놈의 더위가 너무 무지막지했다.

그날부터였다.

하루가 멀다 하고 그를 찾아오던 녀석이 그때마다 손에 꼭 어떤 물건들을 하나씩 가져오기 시작한 것은.

정말 이래도 되나 싶을 정도로 하나같이 진귀한 물건들이었다. 죄다 빙백음혼사의 내단에 못지않은 것이어서 방안에 그런 진귀한 물건들이 하나씩 쌓여 갈 때마다 이젠 슬슬 겁까지 나는 루하였다. 설란이 들이닥친 것은 그 무렵이었다.

'어디 갔지?'

의선가의 약재창 가장 깊은 곳의 밀실을 뒤지던 설란이 고개를 갸웃거렸다.

그녀가 찾는 것은 그 향기가 심마에 든 사람의 마음도 안정시킬 수 있다는 신선청(神仙淸)이었다. 마침 팔이 잘려 극심한 환각통을 겪고 있는 환자가 있어 가지러 온 것인데, 어쩐 일인지 당연히 있어야 할 자리에 신선청이 없었다.

'할아버지가 쓰려고 가져가셨나?'

그렇게 생각하며 발길을 돌리려는데, 뭔가 개운치 않은 기분이 들었다. 늘 봐 오던 밀실의 풍경이 어딘지 달라진 듯 느껴졌다. 아니, 그것은 달라짐이 아니라 허전함이다.

무심결에 지나쳤던 그 허전함의 이유는 금방 찾았다.

살펴보니 없어진 것이 비단 신선청만이 아니었던 것이다.

'뭐야? 빙백음혼사의 내단도 없잖아? 화룡란(火龍卵)은 또 어디 간 거지? 그러고 보니 빙설련(氷雪蓮)도 안 보여?'

그 모든 걸 예운형이 가져갔을 리는 없다.

이곳 밀실에 드나들 수 있는 사람은 그녀와 그녀의 조부 예운형, 그리고 부친 예백령과 동생 예천향뿐이다.

'아버지는 어제부터 줄곧 나와 같이 계셨고…… 그럼 천향이가? 천향이가 왜?'

문득 의녀들에게서 들은 이야기가 생각났다.

루하와 예천향이 유독 가까이 지낸다는 것이었다.

'설마…….'

생각이 거기에까지 미치자 불현듯 그녀의 머리를 스쳐 가는 것이 있다.

'설마 이 인간이 순진한 애를 꼬드겨서 도둑질이라도 시킨 거야?'

아니, 그건 아닐 것이다.

루하가 재물에 과도하게 욕심이 많기는 하지만 남의 재물을 함부로 탐하는 위인은 아니었다. 하물며 늘 병석에 누워 죽음을 옆에 끼고 살던 아이가 이제야 세상을 향해 첫걸음을 내딛고 있는데 그 가엾고 안쓰러운 아이를 상대로 그런 한심하고 뻔뻔한 작태를 벌일 리가 없었다.

하지만 급히 예천향을 수소문해 루하의 처소에 도착한 순간, 그 같은 믿음은 산산이 부서지고 그 자리를 의심과 배신감, 그리고 분노가 대신했다.

그도 그럴 것이, 방문을 여는 순간 마치 거기만은 다른 세계인 양 한여름 폭염의 무더위는 온데간데없고 청량하면서도 시원한 공기가 확 밀려 나오는 것이었다.

그건 분명 빙백음혼사의 내단과 신선청의 향기였다. 거기다 방 안 곳곳에 낯은 익지만 이곳에 있어서는 안 되는 물건들이 마치 시전 좌판대처럼 아무렇게나 널려 있었다.

"어? 늘 공사가 다망해서 그림자조차 뵙기가 어려우신 분께서 여기까진 어쩐 일이시죠?"

"누나? 누나가 여긴 무슨 일이야? 지금 시각이면 아직 환자를 봐야 할 때잖아?"

설란의 갑작스러운 등장에 어리둥절해하는 루하와 놀란 눈을 동그랗게 뜨는 예천향이 그렇게 물었다.

설란이 눈에 쌍심지를 켜며 루하를 노려본다.

"몰라서 물어?"

"몰라서 묻다니? 뭘?"

"빙백음혼사의 내단이랑 신선청, 그리고 저기 저것들 다 뭔데? 대체 내 동생한테 무슨 짓을 시킨 거야?"

"시키긴 뭘 시켜? 난 달라고 한 적 없거든? 여기 있는 것들 난 이름도 제대로 모르는데 무슨…… 다 지가 좋아서 가져온 거라고."

"그럴 리가 없잖아! 약재창의 약재들은 어디까지나 가문의 것이야. 칡 한 뿌리라도 허락 없이 사사로운 이유로 손을 대서는 안 돼. 어떤 이들에겐 그게 생명이 되기도 하고 희망이 되기도 하니까. 그걸 누구보다도 잘 아는 향이가 사리분별 없이 그런 짓을 할 리가……."

믿음이 붕괴된 이 상황에 설란이 어처구니없어하며 날선 추궁을 하는데, 그때 예천향이 그녀의 말을 자르며 끼어들었다.

"미안해, 누나. 내가 그랬어."

"뭐?"

"루하 형이 가져다 달라고 한 게 아냐. 그냥 내가 그러고 싫어서 그런 거야."

예천향의 말에도 설란은 선뜻 믿지 못했다.

약재창의 약재는 환자의 치료만을 위해 존재한다.

딱히 명문화된 규율로 정해진 것은 아니지만 그것은 구구한 세월 동안 내려오는 의선가의 정신이었다.

깊은 병마에 시달리면서도 늘 바른 아이였다.

나날이 깊어지는 병세에도 의선가에 조금이라도 보탬이 되어 환자를 돕겠다며 의학 서적을 손에서 놓질 않던 아이였다.

그런 예천향이 '그냥 그러고 싫어서' 약재를 사사로이 유용하다니?

'혹시 루하를 감싸려고…….'

아니다. 지금 예천향의 얼굴에는 조금의 거짓도 보이지 않았다. 아니, 원래부터 거짓말은 하지 못하는 아이다.

"대체 왜? 왜 그러고 싶었던 건데?"

"나도 몰라. 그냥…… 그러고 싶었어. 너무 그러고 싶어서 그러면 안 된다는 것도 생각 못 했어."

예천향도 자신이 왜 이러는지 잘 이해가 되지 않았다.

달라진 몸으로 처음 두 발을 땅에 디뎠을 때, 평상시와는 전혀 다른 굳건함에 눈물 나도록 감격했고 가슴 떨리도록 흥분했다. 혹여 꿈이기라도 할까 봐, 그 순간의 희열을 손에서 놓쳐 버리기라도 할까 봐 걷고 또 걸었다.

간절하고 절박한 마음으로.

발바닥에 닿는 감각을 새기고 또 새기며.

그런데, 그렇게 걷는 것에만 집중하다 정신을 차려 보니 생뚱맞게도 루하의 처소 앞이었다.

처음에는 그냥 실수로 길을 잘못 들었겠거니 했다.

하지만 마치 어떤 헤어 나올 수 없는 진법에라도 걸린 것처럼 이튿날도, 그 이튿날도 걸음의 끝에는 항상 루하의 처소가 있었다.

그제야 깨달았다.

자신의 마음속에 생겨난 낯선 그리움을.

의지로도 어찌할 수 없는 이상한 끌림을.

루하의 얼굴을 보고 있자면 뭐라도 해 주고 싶어 안달을 내는 이해할 수 없는 자신을.

"아무튼 이건 다 내가 잘못한 거야. 여기 물건들은 지금 바로 다시 다 가져다 놓을게."

그러고는 방 안에 있는 물건들을 주섬주섬 챙겨 들어 방을 나선다.

예천향의 풀 죽은 모습에 설란은 그가 루하의 처소를 떠날 때까지도 그저 우두커니 지켜만 보고 있었다.

도통 뭐가 뭔지 모르겠다.

지금 이 상황이 뭔가 이상하기도 하고 황당하기도 했다. 그리고 날 때부터 십수 년을 보아 온 자신의 동생이 왠지 모르게 낯설게도 느껴졌다.

설란이 그렇게 멍해 있는 사이 루하가 툴툴거렸다.

“간만에 얼굴 보는 건데 난데없이 생사람이나 잡고 말이야. 뭐, 녀석이 가져다주는 족족 넙죽넙죽 받아 챙긴 나도 어느 정도 책임은 있지만…… 아무리 그래도 그렇지, 네 눈엔 내가 저런 어린애나 등쳐 먹을 놈으로 보여? 그것도 이제 겨우 죽다 살아난 녀석을? 사람 수준을 대체 뭐로 보고…….”

“미안해. 네 방에서 빙백음혼사랑 신선청의 냄새가 나니까 나도 모르게 그만 흥분해 버려서…….”

“나 이래 봬도 네 동생을 살린 생명의 은인이거든? 동생만 살려 주면 뭐든 다 줄 것처럼 굴더니 정작 치료가 끝나니까 코빼기도 안 보이고 말이야. 이거 뒷간 들어갈 때랑 나올 때가 달라도 너무 다른 거 아냐?”

“그거야 인근 무문들 간에 아직 전쟁이 끝나지 않아서 위급한 환자가 계속 들어오니까…….”

“아 됐고, 이제부턴 아침에 한 번, 저녁에 한 번은 무슨 일이 있어도 나한테 꼭 들러. 나, 이 정도 요구는 할 수 있는 자격이 있잖아?”

잠시라지만 그를 의심한 것이 미안하긴 미안한가 보다.

"알았어. 그럴게."

군말 없이 고개를 끄덕인다.

"그리고 다시는 내 수준을 의심하지 말고."

"응."

사내 마음이란 게 참 그렇다.

잘못을 한 건 그녀였고 그래서 마땅한 권리를 주장하는 것뿐인데 그녀의 평소답지 않게 고분고분한 모습을 보고 있자니 왜 괜스레 미안하고 안쓰러운 마음이 드는지 모르겠다.

'풀 죽은 모습도 어쩜 저렇게 예쁘냔 말이지.'

마음 같아서는 어깨라도 토닥여 주고 싶지만, 참았다.

괜히 여기서 마음 약해졌다가는 아침에 한 번, 저녁에 한 번 얼굴 보는 것이 하루 한 번, 이틀에 한 번으로 바뀔지도 모르니까.

설란에게만큼은 도무지 독하게 마음이 먹어지질 않으니까.

그리해 짐짓 아직도 화가 풀리지 않은 얼굴을 하고는 화제를 돌렸다.

"근데 도대체 네 동생 왜 저래?"

"응? 뭐가?"

"너도 봤잖아. 내가 원체 매력이 철철 넘치는 사람이라

남녀노소를 불구하고 인기가 좀 있는 편이라지만, 저놈 저거 너무 끈적댄단 말이야. 아주 귀찮아 죽겠다니까. 네 동생 원래 그렇게 사람한테 막 엉기는 성격이야? 아니면 죽은 목숨 살려 주면 원래 다 저렇게 변하는 거야?"

물론 원래 남에게 막 엉기는 성격도 아니고 죽은 목숨 살려 준다고 다 저렇게 변하는 것도 아니다. 죽은 목숨 살려 준다고 그렇게 다 엉기고 퍼다 주면 세상 사이비 교주들 중 절반은 의원 출신일 것이다.

그렇잖아도 설란 역시도 이상하게 생각하고 있던 참이었다.

예천향의 기이한 행동은 그녀에게도 상당히 낯설고 이해할 수 없는 것이었다.

"혹시 두 사람 사이에 무슨 특별한 일이라도 있었어? 각별하게 가까워질 만한 계기라던가……."

"그런 거 없었거든? 그날 그렇게 깨어난 후로 줄곧 저 상태거든?"

대체 왜일까?

정말 루하의 말대로 루하의 넘쳐 나는 매력에 예천향이 정신도 못 차릴 만큼 푹 빠져 버리기라도 한 것일까?

그건 왠지 더 불쾌해서 얼른 머리를 내젓는데, 그때 문득 루하의 어깨에 올라서서 루하의 볼에 사랑스럽게 부리를 비벼 대는 닭수리가 눈에 들어왔다.

그 순간, 마치 섬전처럼 번쩍 뇌리를 스쳐 가는 것이 있었다.

"설마……."

아무리 생명을 구한 은인이라고 해도 지금껏 닭수리가 보여 주던 그 과도한 애정과 예천향에게 일어난 이해할 수 없는 변화가 겹쳐지면서 불현듯 어떤 가정 하나가 떠올랐다.

"왜 그래? 뭐 집히는 거라도 있어?"

"이거 어쩌면…… 일종의 귀소본능 같은 것일지도 몰라."

"귀소본능?"

"응. 나고 자란 것에 대한 본능적인 끌림 같은 거. 어쩌면 향이의 몸에 깃든 조화지기가 그 뿌리이자 원천인 너한테 자석처럼 끌리는 것일 수도 있어."

"그게 가능해?"

"서책에서 읽은 적이 있어. 춘추시대의 제후국이었던 조나라에서 두 왕자가 왕위를 두고 죽고 죽이는 피의 전쟁을 벌였는데, 어느 날 한 고승이 그들을 찾아와 사람의 형상을 한 설삼을 나눠 먹게 한 거야. 그런데 그 후로 서로를 못 죽여서 안달이던 그들이 언제 그랬냐 싶게 사이가 좋아지고, 형은 왕이 되고 동생은 재상이 되어서 다시없을 우애를 자랑했다는 고사가 있어. 그들이 조나라를 다스렸던 시기가 조나라 역사상 최고의 태평성대였다고도 하고."

"그러니까 그것도 다 설삼의 귀소본능 때문이다?"

"어디까지나 가능성을 얘기하는 것뿐이야. 하지만 만일 그게 인형설삼으로 인한 것이 맞다면, 조화지기도 충분히 그럴 수 있지 않을까? 천 년을 묵어야 사람의 형상을 한다는 인형설삼이지만 그 기운이 아무리 강하다 한들 조화지기에는 비할 수 없을 테니까."

조화지기는 세상에서 가장 조화롭고 완전한 기운이다. 그런 만큼 거기에서 파생되어 나온 기운들은 처음에 있었던 완전한 곳으로 돌아가고 싶어 하는 그 본성이 훨씬 더 강할지도 모른다.

"그러니까 쉽게 말해서, 내가 네 동생이랑 닭수리한텐 고향 같은 존재라는 거야?"

"어머니의 품 같은 존재이기도 하지. 정말 그게 조화지기로 인한 귀소본능이 맞다면."

설란의 말이 끝나기가 무섭게 루하가 벌떡 몸을 일으켰다.

"그럼 그게 귀소본능인지 아닌지 확인부터 해 보자고."

"어떻게?"

"방법이야 간단하지. 한 번 더 실험을 해 보면 되지, 뭐."

*　*　*

“애를 환골탈태시키겠다고?”

루하의 손에 들려 있는 닭을 보며 설란이 눈살을 찌푸렸다.

“네 말대로 네 동생이랑 닭수리가 그러는 게 귀소본능 때문이라면 다른 동물로 하긴 그렇잖아. 막 징그럽고 괴물 같은 놈으로 변해서 나한테 엉기기라도 하면 그거 완전 처치곤란일 테니까. 그럴 바에야 이미 증명이 된 닭이 낫지. 닭수리 정도만 돼도 어디 데리고 다니기 안 창피하잖아. 게다가 닭수리는 암놈이고 이놈은 수놈이니까 둘이 눈 맞아서 지들끼리 놀아 주면 나도 좀 덜 귀찮고.”

뭐, 영 아니다 싶으면 잡아먹기도 편하다.

‘환골탈태를 했다 한들 닭고기는 닭고기니까.’

생각이 거기에 미치자 환골탈태한 닭고기는 어떤 맛일지 갑자기 궁금해진다.

자연스럽게 그의 눈이 닭수리를 향했고, 닭수리는 마치 그런 루하의 마음을 알아차리기라도 한 듯 꽥꽥 소리를 지르며 사납게 날갯짓을 한다.

역시 영물은 영물인 모양이다.

“알았어, 알았어. 안 잡아먹어. 아무리 그 맛이 천하일미라 한들 팔면 천금을 받는다는데 내가 미쳤다고 널 잡아먹겠냐?"

그렇게 닭수리를 달래 준 루하가 다시 손에 쥐고 있는 닭을 내밀며 설란에게 말했다.

"일단 이놈 눈부터 가려."

"눈은 왜?"

"각인이라고 하던가…… 아무튼 닭이나 오리나 알에서 깨어나 처음 본 대상을 어미로 인식한다잖아. 환골탈태란 게 다시 태어나는 거랑 비슷한 거라고 치면…… 네 동생 환골탈태하고 나서 깨어났을 때 날 제일 처음 봤거든. 닭수리도 그랬고."

"그러니까 혹시 귀소본능이 아니라 각인이 작용한 것일지도 모른다?"

"사람이랑은 상관없을 것 같긴 하지만 그래도 혹시 모르는 거니까. 이참에 그것도 확실히 해 두자는 거지."

"그래서 어떻게 할 건데?"

"일단 이놈의 눈을 가리고 환골탈태를 시킨 다음에, 환골탈태가 끝나면 널 먼저 보게 하는 거야. 그래서 널 따르면 각인인 거고 그래도 날 따르면 그땐 귀소본능이 확실해지는 거지. 병이 든 것도 독을 먹은 것도 아니니 목숨 빚이랑도 전혀 상관없는 게 되는 거고. 내 말, 무슨 말인지 알겠어?"

무슨 말인지는 충분히 이해했다.

다만 환골탈태라는 게 이처럼 가볍게 말해도 되는 건가 싶다.

무림사에 환골탈태를 이룬 사람이 과연 몇이나 될까?

모르긴 몰라도 한 손에 꼽을 정도이지 않을까?

한데, 그런 세상에 다시없을 기연을 마치 동냥 그릇을 앞에 두고 주머니에서 동전 꺼내듯 하는 루하와 그걸 너무도 당연히 받아들이고 있는 자신이 새삼 좀 어이가 없는 것이다.

그러거나 말거나,

"아, 그리고 다리도 묶어. 전처럼 활 맞은 멧돼지마냥 설쳐 대면 곤란하니까."

간만에 설란과 같이 하는 놀이가 신이 나는지 한껏 집중하는 루하다.

루하가 시키는 대로 다리를 묶고 눈을 가렸다.

눈을 가리자 기절한 듯 가만히 있는 닭에게로 루하가 손을 뻗었다.

수순대로 설란이 지시를 했고 루하가 조화지기를 주입했다.

그리고 이어지는 환골탈태.

닭수리 때와 똑같았다.

허물을 벗듯 털이 빠지고 살가죽이 벗겨지고 볏과 부리, 발톱이 차례로 떨어진다.

벗겨진 살가죽 위로 새살이 돋고 다시 벗겨지기를 수차례, 돋아난 새살 위로 백, 녹, 청의 털이 나고 볏은 붉은 뿔로, 부리와 발톱은 황금빛으로 빛난다.

수컷이라서 그런지 덩치는 닭수리보다 컸지만 생김은 정말이지 판에 박은 듯 똑같았다.

“음…… 닭은 죄다 이렇게 변하나 본데? 같은 종이면 전부 다 똑같이 변하는 건가?”

“끝난 거 같은데?”

“그런 거 같지? 그럼 난 좀 떨어져 있을 테니까 눈가리개는 니가 벗겨.”

그렇게 말하며 루하가 멀찍이 걸음을 옮겼다.

그즈음하여 설란이 닭의 눈을 가리고 있는 눈가리개를 벗겼다.

닭이었을 때와는 사뭇 다른, 마치 먹이를 노리는 수리처럼 날카로운 눈매가 드러나고 그 눈은 이내 설란을 본다.

깜빡깜빡—

날카롭지만 맑고 예쁜 눈이 잠시 설란에게 머무른다 싶기가 무섭게, 주변을 두리번거리던 눈이 루하에게서 멈췄다.

그리고,

꼬꼬꼬꼬—

파다닥파다닥—

찢어지는 듯한 울음소리를 내며 거칠게 날갯짓을 한다.

하지만 아직 다리가 묶인 채였다.

그 바람에 아무리 날갯짓을 해도 날 수가 없자 이번엔 묶고 있는 실을 부리로 쪼아 대기 시작한다.

"야, 그런다고 끊을 수 있는 게 아냐. 그거 천잠사라고."

그러나 루하의 말이 채 끝나기도 전이었다.

뚝!

천잠사가 끊어졌다.

"어라? 저게 왜 끊어져? 도검으로도 못 자르는 거라며? 저거 혹시 짝퉁 아냐?"

"짝퉁은 무슨, 저번에 장 두령님을 묶었던 거랑 같은 거거든?"

"근데 뭐가 저렇게 쉽게 잘려?"

"재 부리가 도검보다 날카롭고 강한 거겠지."

"그게 가능해?"

"가능하다는 걸 재가 몸소 증명을 하고 있잖아."

그들이 그렇게 황당해하는 사이, 하늘로 높이 솟구쳤던 닭수리와는 달리 녀석이 한 마리 물 찬 제비처럼 우아한 저공비행으로 루하에게 날아들었다. 그리고 비어 있는 한쪽

어깨에 사뿐히 내려앉아서는 닭수리가 그랬던 것처럼 루하의 볼에 부리를 비비며 어느 기루의 기녀처럼 요염하게 애교를 떨어 댄다.

그로써 확실해졌다.

"귀소본능이네."

"응. 귀소본능이야."

"그렇다는 건, 사람이든 동물이든 내가 조화지기를 주입해서 환골탈태만 시키면 다들 이 녀석들처럼 된다는 거고. 이거……."

무슨 생각이 들었는지,

"이거…… 완전 끝내주잖아!"

루하가 흥분해서 외쳤다.

그 흥분이, 달뜬 열기로 일렁이는 눈빛이 불길하다.

"무, 무슨 생각을 하는 건데?"

혹시 언젠가 했던 우려를 루하 역시도 떠올려 버린 것일까?

환골탈태와 명검보도로 무장한 군대.

거기다 이젠 조화지기가 가진 효능으로 신앙과도 같은 맹목적인 충성과 복종까지 확보되었다.

그 세상에 다시없을 무력으로 떠올릴 수 있는 생각이란 하나밖에 없다.

천하(天下).

결국 떠올려 버린 것일까?

그 위험천만한 생각을?

"무슨 생각이라니? 당연한 걸 뭘 물어? 일단 환골탈태라는 먹음직한 미끼로 중원 대륙에서 난다 긴다 하는 이름난 표사들을 모조리 끌어모으는 거지. 그리고 완전 헐값에 부려 먹는 거야. 네가 말했듯이 지들한테 난 고향이자 어머니의 품 같은 존재인데 그런 나한테 설마하니 돈타령을 하지는 않을 거 아냐? 크크크크."

"……그러니까…… 완전 끝내준다는 게 고작 그거야? 표사들 헐값에 부려 먹는 거?"

"고작이라니? 표국의 운영비 중 칠 할이 표사들 주머니로 들어가는 돈이라고. 그걸 절반, 아니, 반의반값으로 퉁칠 수 있게 되었는데 그게 어떻게 고작이야? 완전 남는 장사지!"

"…… 너 바보지?"

"뭐? 이게 미래의 서방님한테 그 무슨 말버릇이야!"

쌍심지를 켜며 버럭 화를 내는 루하를 보고 있자니 괜한 우려로 혼자 심장을 졸인 자신이 좀 한심하게 느껴진다.

'환골탈태가 무슨 뉘 집 개 이름도 아닌데…….'

천만금을 주고라도 달려들 무인들이 부지기수일 텐데,

그 엄청난 기연 덩어리로 고작 표사들 헐값에 부려 먹을 생각이나 하고 있다니.

'이런 걸 개발에 편자, 돼지 목에 진주라 하는 거겠지?'

대개는 참 얄미울 정도로 계산적이고 징그러울 정도로 약삭빠른 아이인데, 가끔 한 번씩 어처구니없을 정도로 단순해질 때가 있다.

순박한 걸까? 아니면 표국밖에 모르는 외골수라서 그런 걸까?

'그도 아니면 진짜로 바보든가.'

그렇다고 해도 바보라서 다행이다.

바보가 아니라면, 그래서 지금 이 순간 그 머릿속에 '표국'이 아니라 '천하'를 떠올렸다면 그건 너무 무서운 일이니까.

第四章

무림맹 창설

꼬꼬 꼬꼬—

"으……."

꼬꼬 꼬꼬—

"으으……."

꼬꼬 꼬꼬—

"으아아아아아! 이것들아! 잠 좀 자자! 잠 좀 자! 아직 날도 안 밝았다고!"

외로운 닭수리에게 짝을 붙여 주면 자신을 좀 덜 귀찮게 하지 않을까 생각했건만 완전히 잘못짚었다.

덜 귀찮기는커녕 한 마리에서 두 마리로 늘어난 만큼 두

배로 귀찮아졌다. 아니, 세 배, 네 배다. 기껏 사이좋게 잘 지내보라고 암수로 맞춰 줬건만 오히려 경쟁하듯 루하의 애정을 갈구한다. 이건 어떻게 된 게 삼각관계의 치정 속에 얽혀 있는 기분이다. 게다가, 한 번은 하도 귀찮아서 두 녀석들 다 밖으로 내쫓았더니 마치 그게 상대방의 탓이기라도 하다는 양 아주 사생결단을 낼 듯이 싸워 대기까지 했다.

그러니 내쫓을 수도 없고, 그렇다고 곁에 두자니 '꼬꼬꼬꼬' 귓속에서 아주 환청이 다 들릴 지경이다.

'게다가…… 이 녀석은 왜 또 여기 있는 건데?'

언제 기어들어 왔는지, 이 새벽에 예천향은 왜 자신의 품에 폭 안겨서 잠들어 있는 거냔 말이다!

안 되겠다.

표사들을 환골탈태시켜서 노예처럼 부려 먹기로 한 계획, 전면 취소다. 고작 셋만으로도 이렇게 사람이 진이 빠지는데 여기서 더 늘렸다가는 애정에 치여 돌아가시겠다.

루하는 혹시라도 깰까, 깨면 더 귀찮아질까 봐 조심스럽게 예천향을 떼어 내고 자리에서 일어섰다.

그리고 방 안 구석에 세워 둔, 잔혹도마를 상대할 때 사용했던 철검을 주워 들고는 방을 빠져나왔다. 닭수리들이 쫓아 나왔지만 애써 신경 쓰지 않고 걸음을 재촉했다.

그가 향하는 곳은 내원 한쪽, 연못이 있는 비교적 한적한

정원이었다.

닭수리들의 성화에 오늘은 다른 날보다 일찍 나왔지만 사실 어제도, 그제도, 벌써 나흘째 꾸준히 찾는 곳이었다.

이곳에서 루하가 하는 일은 하나였다.

검을 휘두르는 것.

정원 중앙에 자리를 잡은 루하는 어슴푸레 날이 밝아 오는 시각 그 특유의 알싸한 공기를 느끼며 검을 들어 올렸다.

그리고 가벼운 호흡으로 숨을 고른 후 검을 움직였다.

첫 시작은 삼재검이다.

소진배검에서 선인지로로 이어지는 검로는 부드러우면서도 힘이 넘친다.

사사사삭—

보법은 민활하고,

"백사토신!"

우렁찬 기합성과 동시에 내지르는 검은 날카롭다.

이제 루하의 삼재검에선 완숙함마저 느껴진다.

그렇게 삼재검 서른두 개 초식을 모두 마친 루하의 검은 이어서 장청의 단혼팔문도를 그렸다.

"흡!"

"함!"

"팽!"

"출!"

네 개 초식을 반복하고 또 반복해서 모두 네 번, 열여섯 개의 초식을 펼치고 나서야 검을 거두고 다시 숨을 고른다.

하지만 어쩐 일인지 그의 표정이 개운치 않았다.

사실 그가 매일 아침이면 이곳에 와서 검을 휘두르는 것은 단지 검을 수련하기 위함이 아니었다. 팔공산에서 느꼈던, 단전에서 폭발할 듯이 요동치는 그 기운을 끌어내고자 함이었다.

그러나 번번이 실패다.

'사람 감질나게 될락 말락 될락 말락. 아, 진짜 뭐가 문제인 거야?'

답답한 마음에 그렇게 투덜거릴 때였다.

"어? 오늘은 일찍 왔네?"

뒤쪽에서 갑작스럽게 낯익은 목소리가 들려왔다.

흠칫하며 돌아보니 설란이 걸어오고 있었다.

새삼스럽지는 않다.

매일 아침저녁으로 얼굴을 비추기로 한 약속도 약속이지만, 어떻게 소식을 들었는지 그가 이곳에서 검을 휘두르기 시작한 날부터 바쁜 일상 중에도 하루도 빼먹지 않고 찾아와서 이런저런 조언을 주곤 했다.

"이놈들 때문에 도무지 잠을 잘 수가 있어야지."

루하가 닭수리들을 턱짓했다.

그래도 분위기 파악은 되는지 검을 휘두를 때만큼은 멀찍이 떨어져서 구경하는 녀석들이다.

“좀 진전은 있어?”

“없어. 아, 기운 빠져. 뭔가 조금이라도 달라지는 게 있어야 할 맛이 나지.”

“그래서 나도 곰곰이 생각을 해 봤는데 말이야.”

“왜? 뭐 짚이는 게 있어?”

“혹시 내공 때문이 아닐까?”

“내공?”

“조화지기가 발현되는 건 어디까지나 내공을 통해서잖아? 근데 네 내공은 이십 년 정도밖에 안 되고, 조화지기는 넘쳐 나는데 그걸 다 담아 내기에는 네 내공이 부족한 거지. 쉽게 말해서 우물은 엄청 깊은데 그걸 퍼다 쓸 바가지가 작은?”

“근데 전에 잔혹도마랑 싸울 때는 잠깐이지만 한 번 성공했잖아?”

“그때야 워낙에 위급한 상황이었으니까. 그런 상황에서야 없던 잠력도 생겨나기 마련이고.”

“그럼 결국 내공을 더 쌓아야 한다는 거야? 어느 세월에? 지금 내 안에 완전 끝장나게 어마어마한 기운이 있는

데, 이십 년이고 삼십 년이고 그걸 사용할 수 있는 내공이 쌓일 때까지 그 좋은 걸 그림의 떡으로 두라고? 나 그렇게 진득한 성격 아닌 거 알잖아?"

"알지, 알아. 그리고 나도 그걸 몇십 년이고 기약 없이 묵혀 두는 건 아깝다고 생각해."

"방법이 있어?"

"내공을 쌓는 방법이 심법에만 있는 건 아니니까."

"심법 말고 뭐가 있어?"

"너도 잘 알면서 뭘 물어? 영천단이 있잖아."

"아……!"

영천단이 곧 소림대환단이고, 소림대환단은 한 알만 먹어도 일 갑자의 내공을 얻는다고 하지 않던가.

"한 알에 일 갑자의 내공은 와전된 소문이지만, 그래도 사람에 따라 적게는 이십 년에서 많게는 삼십 년 이상의 내공을 얻기도 해."

"한 알에 최소 이십 년이면…… 지금 있는 재료로 스무 알은 만들 수 있다고 했으니까…… 사백 년이잖아!"

"아직 조화지기를 활용할 방법은 찾지도 못했는데 무슨. 그리고 원래 약이란 건 처음 쓸 때가 가장 효과가 좋기 마련이야. 몸이 그 약효에 익숙해지는 만큼 효능도 차츰 떨어지는 법이니까. 게다가 아무리 조화지기가 영천단을 완성하는 데 가장 중요한 재료라고 해도 그렇지, 어떻게 그걸 혼자 다 먹을 생각을 하니? 양심이 없는 건지 염치가 없는 건지…….”

“말이 그렇다는 거지, 말이. 어차피 달란다고 다 줄 것도 아니잖아? 아무튼지 간에 결론은 백날 천날 검을 휘두르는 건 쓰잘데기 없는 시간 낭비고 그럴 시간에 그냥 영천단을 만드는 데 전심전력을 다하는 게 낫다는 거 아냐?”

“검을 수련하는 게 왜 쓰잘데기가 없어? 무인이라면 마땅히 해야 할 일이지. 그리고 내공이 부족해서일지도 모른다는 건 어디까지나 가정이야. 정답이 아니라고. 내공 때문이 아닐 수도 있단 말이야.”

“아냐. 내공 때문이야. 니가 내공 때문이라고 하면 내공 때문인 거야. 난 니가 틀린 말을 하는 걸 한 번도 본 적 없으니까.”

루하의 그 단단한 믿음에 반사적으로 배시시 입꼬리를 말아 올리는 설란이다. 그러다 뭔가 주책이라는 생각에 괜히 머쓱해져서는 얼굴을 붉히며 고개를 빠르게 내젓는다.

“다시 말하지만 내공 때문이 아닐 수도 있어. 그러니까 매일 하는 검술 수련은 빼먹으면 안 돼. 무엇보다 칼 한 자루에 목숨을 이고 사는 무인이란 하루 나태해지면 그 나태해지는 하루만큼 수명이 단축되는 법이니까.”

“알았어. 알았으니까 할아버지한테나 가자.”

“할아버지한텐 왜?”

“영천단 만들어야지!”

“뭐?”

설란이 멀뚱히 있는 사이 이미 성큼성큼 걸음을 옮기는 루하다.

“야! 하던 수련은 마저 끝내야지. 하루 나태해지면 그만큼 빨리 죽는다니까!”

“알았어. 알았다니까.”

알았다고는 하면서도 아예 귓등으로도 듣지 않고 있다.

그 모습을 보자니 내공 얘기는 괜히 꺼냈나 싶다.

하지만 달리 생각해 보면, 요즘 들어 영천단 만드는 일에 시큰둥해 있던 루하였다. 아무래도 계속된 시도에도 별다른 성과가 없다 보니 의욕이 많이 떨어진 것 같다며 예운형도 걱정을 했다. 그러던 차에 이유가 어찌 되었든 영천단을 만드는 일에 다시 의욕을 되찾은 듯하니 차라리 잘된 것도 같았다.

‘그래. 지금은 영천단을 만드는 것이 가장 중요한 일이긴 하니까.’

루하가 언제까지 의선가에 머물지 모르는 일이다.

갑자기 변덕이라도 부려서 산서로 돌아가겠다고 하면 영

천단을 완성하는 일은 다시 기약이 없어지는 것이다.

그렇게 좋은 쪽으로 생각하며 루하를 쫓는데, 예운형이 있는 성심전에 막 도착했을 때였다. 앞서 걸으며 성심전의 문을 넘어서려던 루하가 어쩐 일인지 움찔하며 걸음을 물렸다.

"왜 그래?"

무슨 일인가 싶어 달려가 보니, 마침 성심전 안에서 누군가 걸어 나오는 것이 보였다.

나이는 서른 안팎. 깔끔하게 차려입은 백의와 가지런한 수염이 참으로 멋스러운 사내였다. 그 사내를 본 설란의 얼굴에 순간 반가움이 어렸다.

"외숙부님!"

외치는 목소리에도 반가움이 물씬 풍겨났다.

그도 그럴 것이, 이 사내는 그녀의 외숙부이자 단씨세가주 천수신검(千手神劍) 단우헌(丹羽軒)의 장자인 백일검(白日劍) 단형우(丹炯友)였던 것이다.

'이 사람이 백일검 단형우라고?'

무림사에 별반 관심을 두지 않고 살아온 루하지만 단형우의 이름 정도는 들어봤다. 단씨세가의 차기 주인에 천하사대미녀인 검향선녀 단자경의 친동생, 그리고 육대가문

출신으로는 단 세 명뿐인 삼봉오룡의 일인.

모두가 부러워할 만한 배경에 실력까지 갖춘 무림의 기린아였다.

게다가 누가 단자경의 동생이 아니랄까 봐 잘생긴 외모까지. 오죽하면 사람들이 환한 대낮에 보고 싶은 검객이라 해서 백일검이란 별호까지 붙였겠는가.

'단씨의 핏줄들은 외가고 친가고 할 것 없이 사돈에 팔촌까지 죄다 이런 얼굴들인 건가?'

루하가 본 사내들 중에서 외모로만 따지면 도무지 사람 같지 않은 예천향을 제외하고는 죽은 제갈휘와 쌍벽을 이룰 정도의 미남이다. 그러면서도 제갈휘와는 약간 다른 것이, 제갈휘가 깔끔한 귀공자풍의 얼굴이라면 단형우는 조금 더 고고하고 사내다운 기상이 느껴지는 얼굴이라는 것이다.

그래서일까?

잘생긴 것들에 대한 본능적인 거부감이 이상하게 이 사내에겐 느껴지지 않는다.

'아니면 그냥 이 계집애의 숙부라서 그런 건가?'

그녀와 정혼을 하게 되면 결국 한집안 식구가 아니던가.

거기에서 오는 자연스러운 호감일지도 모르겠다.

"외숙부님께선 여기에 어쩐 일이세요? 할아버지를 뵙고 오시는 거예요?"

"긴히 논할 일이 있어 찾아뵈었다. 의선께선 가문의 일은 매형과 상의하라시더구나."

"긴히 논할 일이라뇨? 무슨 일인데요?"

"매형께서도 급한 환자들만 정리하고 잠시 짬을 내신다 하셨으니 자세한 것은 그때 이야기하자꾸나. 어차피 너도 들어 두어야 할 일이다. 한데…… 이분은 뉘시냐?"

문득 단형우의 시선이 루하를 향한다.

의아히 보는 눈빛, 그리고 찰나 간 그 눈에 이채가 띤다.

"혹시 이분이 그…… 삼절표랑 정루하 소협이시냐?"

"저를 아세요?"

단형우가 자신을 알아보는 것이 신기해서 반문하자 단형우가 무슨 당연한 말을 하냐는 투로 말했다.

"현 무림에 삼절표랑을 모르는 이가 어디 있겠습니까? 홍염마수 이우경을 단매에 죽이고 대력귀도 이여립을 일수에 격퇴시킨 것은 물론, 녹림의 대마두 잔혹도마 구귀광마저 꺾은 영웅적 행보에 세상이 다 찬사를 보내는 판국인데 말입니다. 란이와 같이 의선가로 향했다는 소식은 들었던 터라 어쩌면 이 길에 뵐 수 있을지도 모르겠다 기대를 하고 걸음을 서둘렀는데, 다행히 늦지 않아 이렇게 뵙게 되는군요. 하하."

듣기에 참 낯간지러운 말들이었다.

그런데도 이상하게 이 사내의 입에서 나오니 그 조금은 과장된 미사여구가 전혀 과장되게 느껴지지 않는다.

아마도 내뱉는 한 마디 한 마디에서 가식이 느껴지지 않기 때문일 것이다. 정말로 그렇게 생각한다는 듯 새파랗게 어린 루하에게 진심으로 존경을 보내고 있다.

남의 강함과 성공을 있는 그대로 받아들이기란 결코 쉬운 일이 아니다. 그 거리낌 없는 솔직함이 이 사내의 그릇이자 이 사내의 가능성이 아닐까?

지금까지 누군가의 미래를 점쳐 본 적은 한 번도 없지만, 단형우를 보고 있자니 왠지 모르게 아주 먼 훗날 큰 거인이 되어 있을 것 같다는 생각이 들었다.

"그나저나……."

불현듯 뭔가가 생각났다는 듯 단형우가 루하와 설란을 번갈아 본다. 그 눈빛이 어쩐지 짓궂다.

"혹시 소문이 사실이냐?"

질문은 설란을 향했지만 눈은 여전히 루하에게 머물러 있다.

설란이 의아해하며 물었다.

"소문이라뇨?"

"란이 너와 여기 정 소협 말이다."

"……?"

“이미 정혼을 약속한 아주 깊은 사이라는 소문이 들리던데…… 가문의 중대사를 소문으로 들은 것이 서운하긴 하다마는 상대가 무림의 기린아인 삼절표랑이라면…….”

짓궂은 눈웃음을 실룩거리는 단형우의 말에 누가 먼저랄 것도 없이 루하와 설란이 동시에 외쳤다.

“맞아요!”

“아니에요!”

맞다고 한 것은 물론 루하였고 아니라고 한 것은 설란이다.

설란이 당황한 눈으로 루하를 본다. 그런 설란의 손을 루하가 덥석 잡았다.

“뭐, 뭐하는…….”

“우리 정혼을 약속한 사이 맞아요. 워낙에 이런저런 일이 많아서 아직 어른들께는 허락을 받지 못했는데 우리끼린 이미 그러기로 했어요.”

단형우를 향해 그렇게 말하고는 이젠 당황을 넘어 당혹감에 젖어 있는 설란의 귀에 속삭였다.

‘내 알몸을 그려서 천하에 뿌리려면 뿌려. 어차피 그래 봤자 세상 사람들 구경거리 되는 건 니 남편 알몸이니까.’

의선가에 들고부터 왠지 주눅 드는 마음에 정작 여기에 온 가장 중요한 목적을 미뤄 두고만 있었다. 설란의 협박 때문이 아니라도, 아무래도 장래의 처가 어른들을 마주하고 나니 선뜻 말을 꺼낼 용기도, 기회도 잡지 못한 게 사실이었다.

그런 차에 단형우가 말을 꺼내니 이참에 확실히 해 버리자 싶었던 것이다.

그런데 그저 장난스럽게 말을 꺼낸 단형우도, 루하가 이렇게 정공으로 나올 줄 미처 생각지 못했던 설란도 어떻게 반응을 해야 할지 몰라 하는 그때였다.

"지금…… 뭐라 하셨습니까?"

갑작스럽게 들려온 목소리에 모두가 화들짝 놀라서 돌아보니 어느샌가 거기에는 설란의 부친 예백령이 서 있었다.

"정 소협…… 지금 그 말…… 그거…… 사실입니까?"

* * *

…….

침묵이 흘렀다.

방 안에 들어찬 정적이 묘한 긴장감을 불러일으키는 가운데 예백령은 상석에, 그 옆엔 단형우가 앉았다.

그 앞에 설란과 루하가 있었다.

설란은 마치 죄인처럼, 루하는 이왕 이렇게 된 거 차라리 잘되었다는 태도로 당당하게.

예백령은 아직도 어지러운 심정을 다 추스르지 못했는지,

"후우……."

탄식에 가까운 긴 한숨을 토한 후에야 겨우 침묵을 깬다.

"정 소협의 말씀은 충분히 들었고……."

예백령의 눈이 설란에게로 옮겨졌다.

"네가 말해 보거라. 정말로 정 소협과 정혼을 약속했느냐?"

설란이 급히 고개를 저었다.

"아니에요! 그건 그냥 루하 혼자서…… 저는 아직 정혼 같은 건 생각해 본 적 없어요!"

"아직이라면…… 차후에는 그럴 마음이 있다는 말이냐? 당장 정혼을 할 생각은 없지만 마음은 정 소협과 같다는 말이냐?"

예백령의 목소리는 안쓰러울 만큼 애달프게 떨려 나왔다.

제발 아니기를 바란다.

설란의 입에서 아니라는 말이 나오기를 간절히 바라고 있다.

하지만 안타깝게도 설란의 입에선 아무 말도 나오지 않는다. 이 순간의 침묵이 무엇을 의미하는지야 뻔하다.

울컥 밀려드는 서운함.

어떻게 키운 딸이던가.

딸자식을 둔 세상 아비들이 다 그렇겠지만 특히 그에겐 더 각별한 딸이었다.

목숨보다도 더 사랑했던 아내가 죽고 병든 아들의 목숨은 기적에 기댈 수밖에 없는 그 참담한 현실 앞에 그나마 그를 버티게 했던 것은 설란이었다.

설란이 있었기에 살 수 있었다.

그에게 있어 설란은 목숨이었고 희망이었으며 또한 위로였다.

그렇게 귀한 딸이 어느덧 훌쩍 자라서는 자신의 품을 떠나려 한다.

'언젠가 이런 날이 올 줄은 알았지만…….'

이건 빨라도 너무 빠르지 않은가!

예백령의 눈이 이제 고작 열여섯 어린 딸의 마음을 훔쳐 간 날도둑놈에게로 향했다.

그 날도둑놈은 뭐가 그리 좋은지 싱글벙글이었다.

그도 그럴 것이, 설란의 침묵이 예백령에겐 서운함이었지만 루하에겐 늘 새침만 떨던 설란의 진심을 처음으로 정확히 확인하는 순간이었기 때문이었다.

'계집애가 중요한 순간에 꼭 예쁜 짓을 한단 말이야. 흐흐.'

혹시나 설란이 끝까지 부정을 하면 어쩌나 내심 걱정을 했던 참이라 기쁨은 더 컸다.

하지만 루하의 기분이 좋으면 좋을수록, 그 입가에 걸린 싱글벙글한 웃음기가 진해지면 진해질수록 예백령의 눈빛은 사나워진다.

그 얄미운 낯짝을 보자니 불끈 주먹이 쥐어진다.

만일 루하가 예천향의 목숨을 구한 은인이 아니었다면 한평생 사람을 살리는 데에만 쓰여 온 그의 손이 생애 처음으로 사람을 죽이는 데 쓰였을지도 모른다.

그러나 어찌하랴.

상대는 목숨을 내주어도 아깝지 않을 고맙고 고마운 은인인 것을.

아무리 부정해 보아도 이미 딸의 마음을 훔쳐 버린 딸의 정인인 것을.

"끄응……!"

마음속에 휘몰아치는 들끓는 격정들을 그렇게 씹어 삼켰다.

눈에 넣어도 아프지 않을 딸이건만 지금 이 순간만큼은 보기가 싫다.

때려죽여도 시원치 않을 날도둑놈이야 말할 것도 없다.

그리해 눈을 감았다.

그런 예백령의 얼굴은 그야말로 세상 다 잃은 표정을 하고 있었다.

"일어들 나지."

보다 못한 단형우가 그렇게 말했다.

"아무래도 매형께는 시간이 좀 필요한 것 같으니."

단형우가 먼저 자리에서 일어났고 그 뒤를 마냥 신난 루하가 따랐다.

왠지 미안하고 부끄러운 설란은 얼마간 더 예백령의 앞을 지켰지만 정적은 어색하고 공기는 황량해서 더 앉아 있기가 불편했다.

말을 걸기도 애매하고 딱히 할 말도 없다.

결국 설란도 몸을 일으켰다.

그렇게 모두가 떠나고 예백령만이 덩그러니 홀로 남겨진 방 안.

"하아아아아……."

땅이 꺼질 듯한 한숨 소리가 홀로 처량히 새어 나왔지만, 다행인지 불행인지 그 깊고 처량한 한숨 소리는 이미 멀리 사라진 설란의 귀에는 닿지 않았다.

"하하. 지금쯤 눈물이라도 찔끔거리고 계시려나? 매형 성격이라면 충분히 그럴 수 있지. 암! 충분히 그럴 수 있어.

하하하하."

"재밌으세요?"

"재밌다기보다는 시원하다고나 할까? 묵은 체증이 확 내려가는 기분이라고나 할까?"

"묵은 체증이요? 아버지와 외숙부님 사이에요?"

"나뿐만이 아냐. 그건 우리 단씨세가 모든 식솔들의 것이지. 네 아버님은 우리 단씨세가에서 가장 아름답고 가장 사랑스럽던 내 누님을 훔쳐 갔으니까. 열여덟이 되던 해부터 천하사대미녀로 불리며 젊은 무인들의 선망과 흠모를 한 몸에 받던 누님이셨다. 천하제일의 영웅호걸을 데려와도 못마땅할 판에 신랑감이라고 데려온 자가 약초 냄새 풀풀 풍기는 의원이었으니, 그때 우리가 느꼈을 그 황당함과 실망감을 짐작이나 할 수 있겠느냐? 오죽했으면 네 외조부께서 칼까지 뽑아 들었을까."

"외할아버지가요? 칼까지 빼 들었다고요?"

"만일 그때 누님이 네 아버님을 해치면 당신도 같이 죽겠다며 비수를 스스로 목에 대지 않았었다면 의선가의 맥은 그때 이미 끊어졌을지도 모른다. 흐흐흐. 역시 세상이란 행한 대로 돌려받는 모양이야. 누님과 꼭 닮은 네가 이 어린 나이에 사내를 데려와서 매형을 저리 시름에 젖게 할 줄 어찌 알았겠느냐? 그렇다고 해도 지금 매형은 우리에 비하면 복에 겨운 거다. 매형의 사윗감은 그래도 당금 천하를 떨어 울리는 삼절표랑이니 말이다. 안 그런가, 조카사위?"

"그럼요. 그럼요. 세상에 저만한 사윗감이 또 없죠. 하하하."

"그렇지. 그래. 배부른 투정도 정도껏 해야지, 아무튼 세상 물정 모르는 양반이라니까. 하하하."

어느샌가 말투와 호칭까지 바꿔서는 척척 죽이 잘 맞는 그들이다.

집안에 폭탄을 던져 준 그녀로서는 예백령에 대한 걱정으로 마음이 심란하기만 한데, 공범이나 다름없는 그들이 남의 일인 양 천하태평으로 시시덕거리는 것이 참 얄밉다. 그러면서도 좋고 싫음이 확실한 두 사람의 사이가 나쁘지 않은 것이 일면 다행이기도 해서 복잡한 한숨을 폭 내쉬고는 화제를 돌렸다.

"근데 외숙부님. 아버지와 긴히 논할 일이 있다지 않으셨어요?"

"아! 그렇지 참!"

설란의 말에 단형우가 마치 까마득히 잊고 있었다는 듯 '아차' 하며 심히 곤란한 표정을 짓는다.

"이런 이런, 어쩌지? 지금 매형 상태가 대화를 나눌 상태가 아닌데…… 나도 곧 본가로 돌아가 봐야 해서 매형 상태가 좋아질 때까지 기다릴 수 있는 처지도 아니고."

"저한테 말씀하시면 안 되는 일이에요?"

"그건 아니다만……."

"그럼 저한테 말씀하세요. 제가 틈을 봐서 아버님께 전해 드리고 외가로 연통을 드릴게요."

"음…… 하긴 너도 알아야 할 일이긴 하니까. 너뿐만 아니라 여기 조카사위에게도 무관한 일만은 아니고."

"저랑도 관계가 있다고요?"

"자세한 이야기는 어디 조용한 곳에서 하자꾸나. 아, 그 전에 향이 녀석 얼굴부터 봐야겠지."

단형우가 향이의 처소로 걸음을 옮기려 하자 루하가 급히 말했다.

"걘 지금 제 방에 있는데요?"

루하의 말에 단형우가 어리둥절한 표정을 한다.

"향이가 자네의 방에 있다니? 그 아이가 어찌……?"

"그러게나 말이에요. 이젠 아주 제집처럼 드나든다니까요. 뭐, 제집이긴 하지만."

루하가 무슨 말을 하는 건지 단형우는 도통 모르겠다는 표정이다.

그가 아는 예천향은 혼자서는 스무 걸음도 걷지 못하는 아이였다. 구음연화절맥은 그런 병이었다. 단씨 일가에게서 비롯된 것이기에 그 병이 얼마나 지독하고 무서운 병인지 누구보다 잘 알고 있었다.

그런데 그런 예천향이 루하의 방을 제집처럼 드나든다니?

"설마……."

"맞아요. 향이 병, 다 나았어요."

대답은 설란의 것이었다.

"정말이냐? 정말 향이의 병이 다 나은 것이냐?"

외가라고는 해도 가장 사랑했던 누이의 아이였다.

그 누이의 병을 고스란히 물려받았기에 그에게도 또한 가장 아픈 손가락이었다.

끓어오르는 걱정과 환희를 어찌 다 말로 표현할까.

그런 단형우를 보며 설란이 고개를 끄덕였다.

"예. 구음연화절맥은 완치되었어요."

"어떻게? 설마…… 영천단이 완성된 것이냐?"

"아뇨."

"그럼 대체 어떻게 그 천형을 치료했다는 말이냐?"

"그냥…… 얘가 향이를 치료한 거예요."

설란이 루하를 가리키자 아까보다도 더 어리둥절한 얼굴을 하는 단형우다.

"그게 무슨……."

"말 그대론데요? 처남 치료, 내가 한 거 맞아요."

"무슨 말도 안 되는 소리들을 하는 건지…… 영천단이 없이는 의선조차 치료가 불가하다 한 병인데 어찌 자네가? 대체 무슨 방법으로?"

"그건 말씀 못 드리죠. 아무리 한 식구 될 사이라고 해도 같이 칼 밥 먹고 사는 처지에 제 밑천까지 다 까 보일 순 없는 거잖아요."

루하의 말이 옳기는 했지만 그래도 답답한 마음에 설란에게로 눈을 돌린다.

하지만 설란에게서도 속 시원한 대답은 나오지 않았다.

"죄송해요. 루하의 말대로 그건 루하의 밑천이라서 외숙부님께도 자세히는 말씀드릴 수가 없어요. 그래도 향이의 병이 완치된 것만은 분명한 사실이에요."

그렇게 말하니 궁금증은 더 커진다.

그러나 여기서 더 캐묻는 것은 무인으로서의 예의가 아니다.

지금은 어린 조카의 완쾌 소식을 그저 기쁜 마음으로 안도하고 즐기는 것이 그가 해야 하는 일이었다.

"향이가 자네 처소에 있다고?"

"아마 아직 자고 있을걸요? 늘 새벽에 나 자고 있을 때 기어들어 와서는 해가 중천에 떠올라서야 깨는 녀석이니까. 미인은 잠꾸러기라는 말을 아주 몸소 실천하고 있다니까요."

루하의 말대로였다.

급히 루하의 처소를 찾아가 보니 마치 어미 배 속의 태아처럼 몸을 한껏 웅크린 채, 심지어 엄지손가락마저 빨면서 새근새근 곤히 잠들어 있다.

'아, 이 미칠 듯한 귀여움이라니…… 봐도 봐도 적응이 안 되네.'

이제 나이 열넷이건만 오랜 병마에 시달려서인지 나이보다도 훨씬 작은 체구와 앳된 얼굴 탓에 앙증맞기까지 하다.

"아함……."

잠결에 들려온 갑작스러운 인기척에 무거운 눈꺼풀을 게슴츠레 들어 올리고는 작은 입술을 한껏 벌리며 하품을 한다.

그 모습은 또 어찌나 사랑스러운지.

"어? 루하 형? 벌써 일어나셨어요?"

"벌써는 개뿔. 지금 해가 중천이거든?"

"아, 그래요? 헤헷. 제가 또 늦잠을 자 버렸나 보네요."

"그렇게 웃지 마! 귀여움의 정도를 넘어서지 마! 기껏 붙들어 놓은 내 정체성에 더 이상 혼란을 주지 말란 말이다!"

"헤헷. 알았어요. 그럼 앞으로는 쪼끔만 귀여울게요."

"이미 쪼끔만의 수준이 아니라고!"

"나 참. 귀여운 것도 죄니?"

루하가 동생을 이유 없이 타박을 준다 생각했는지 설란이 그렇게 한마디 핀잔을 준다.

그제야 예천향의 시선이 설란에게 닿았다.

"어? 누나도 왔네?"

"나도 있는데, 네 눈에 이 숙부는 안 보이느냐?"

"아, 외숙! 외숙께서 어쩐 일이세요?"

"그런 일이 좀 있다. 그보다, 병이 완치되었다면서?"

"예. 루하 형 덕분에요."

"손을 내밀어 보겠느냐?"

예천향에게 다가가 앉은 단형우가 맥을 짚었다.

확실히 전과는 다르다.

구음연화절맥 특유의 미맥이 없다. 강건하고 규칙적이다. 이건 오히려 보통의 사람보다도, 아니, 수십 년 무공으로 단련한 무인들의 맥보다도 더 단단하고 역동적이기까지 했다.

'분명 완치는 되었는데…….'

대체 뭘까? 이 괴리감은?

맥을 짚은 손끝에서 전해져 오는 정체를 알 수 없는 묘한 괴리감과 이질감에 호기심 삼아 슬며시 기를 주입해 보았다.

그런데, 주입한 기가 마치 넓은 바다에 조약돌을 던진 것처럼 흔적도 없이 사라져 버린다.

'허! 단지 절맥이 치료된 것이 아니라 이건 그릇 자체가 달라지지 않았는가?'

깊어지고 넓어졌다.

자신이 주입한 기가 바다에 던진 조약돌처럼 느껴질 만큼.

'이 정도 그릇이 되려면 적어도 일 갑자, 아니, 이 갑자 이상의 내공을 담아 낸 몸이어야 가능할 터인데…….'

하지만 예천향은 바로 얼마 전까지만 해도 내공은커녕 혼자서는 걷는 것조차 힘든 몸이었다.

'대체 이 아이에게 어떤 치료를 한 것이기에……?'

새삼스러운 눈으로 루하의 본다.

고작 표사 스물과 함께 잔혹도마를 죽이고 팔공산을 넘은 젊은 영웅. 측량할 수조차 없는 신기막측한 무공으로 태산을 부수고 검강을 날리며 섬전처럼 빠르다.

그것이 무림에 떠도는 삼절표랑에 대한 대략적인 소문이었다. 더러는 과장이라 하기도 하고 더러는 헛소문으로 치부하기도 했지만 단형우는 그럴 수도 있겠다 생각했다.

홍염마수에 이어 이여립, 그리고 잔혹도마에 이르기까지 삼절표랑의 이름 아래 무릎 꿇은 면면들은 분명한 사실이었으니까.

그런데 지금 이 순간, 처음으로 소문에 의심을 가지게 된다.

단지 태산을 부수고 검강을 날리며 섬전처럼 빠른 것이 전부가 아니었던 모양이다. 뭔가 그가 알지 못하는, 설란이 외숙인 자신에게조차 숨겨야 할 만큼 특별한 어떤 것이 이 소년에게 있는 것이 틀림없다.

그러한 의문들이 그저 조카의 구명을 안도하고 즐겨야 할 이 순간을 자꾸만 방해한다.

그때 루하가 물었다.

"근데 아까 그건 무슨 말이에요? 의선가와 논의하러 온 일이 나랑도 무관하지 않다는 게?"

"그건…… 일단들 앉거라. 짧게 끝날 이야기가 아니니."

그리해 돌고 돌아 단형우가 꺼낸 말은,

"소림이…… 무림맹 창설을 선언했다."

라는, 다소 놀랍고 다소 충격적이지만 루하에겐 '그게 뭐?' 라고 생각될 만큼 생뚱맞고도 전혀 피부에 와 닿지 않는 일이었다. 하지만 이어지는 단형우의 말에 그 생뚱맞고 피부에 전혀 와 닿지 않는 일이 루하의 얼굴을 잔뜩 구겨지게 만들고 있었다.

第五章

너도 환골탈태 한번 당해 볼래?

"명분은 어디까지나 남궁세가에서 일어난 일에 대한 진상조사와 흉수의 색출, 그리고 그 과정에서 혹시 있을지 모를 사마외도의 창궐을 막자는 것이지만 실상은 그저 오래전부터 호시탐탐 침을 흘려 오던 큰 이권을 위해 구대문파가 감추어 둔 탐욕을 드러낸 것일 뿐이다. 실제로 진상조사를 위해 나왔던 소림의 사대금강이 이렇다 할 조사조차 제대로 하지 않은 채 소림으로 돌아간 것만 봐도 그들의 속내를 충분히 짐작할 수 있는 일이지."

"큰 이권이란 게 뭔데요?"

"무림맹에 표마원(鑣馬院)이라는 곳이 만들어질 예정이

다. 무림맹의 자금원이자 구대문파가 이번 무림맹 창설에 있어 가장 심혈을 기울이는 곳이지. 아니, 오직 그 하나를 위해 무림맹을 창설하는 것이라 해도 과언이 아니다."

루하가 미간을 찌푸렸다.

이름만 들어도 딱 감이 왔다.

"그거 혹시 표국 같은 거예요?"

아니나 다를까, 고개를 끄덕이는 단형우다.

"지금 현재 중원에서 가장 돈 되는 이권 사업이니까. 일 년에 나라 하나씩은 세울 수 있을 만큼의 어마어마한 돈이 그 시장에서 움직이고 있으니까."

"아니, 명색이 구대문파 정도 되면 도적들을 때려잡을 생각부터 해야지 표국들 밥그릇에 숟가락이나 얹을 생각을 한다고요? 그게 무슨 개 같은……."

"다 자란 거위의 배를 가르는 것보다는 황금알을 뽑아 먹는 게 훨씬 이득이니까. 아무튼 내가 자네와도 무관하지 않다 한 것은 그 때문이네. 구대문파가 무림맹까지 내세워서 그 이권 사업에 뛰어들기로 한 이상 지금과는 많은 것이 달라질 테니까."

"달라지는 정도가 아니죠. 표국이란 표국들은 깡그리 다 망하겠죠. 무림맹이 나서면 대륙표국이나 천룡표국도 영세 표국으로 전락할 판국인데 다른 표국들이야 오죽할라구요.

무림맹이 버젓이 있는데 누가 표국에다가 물건을 맡기겠냔 말이에요."

생각하니 열 받는다.

갖은 고생 끝에 이제야 좀 제대로 팔자 한번 펴 보나 했다.

잔혹도마를 죽인 그 명성을 등에 업고 거창하게 표국 한 번 열어 볼 생각에 잔뜩 꿈에 부풀어 있었건만 이게 다 무슨 마른하늘에 날벼락이란 말인가?

"어린애 푼돈을 뜯어 가도 유분수지……."

물론 그 푼돈이 푼돈이 아니라는 게 결국 이 모든 사단의 원인이지만 말이다.

"너무 비관적으로만 생각할 것은 아니네. 어차피 무림맹만으로는 중원의 표국 사업 전부를 책임질 수 없네. 그럴 만한 인력도 여건도 되질 않아. 아마도 성이나 현 단위로 분타를 둘 것이네. 그리고 그 분타는 각 표국의 신청을 받아 선별할 테고."

"그러니까 지금 현재의 표국들이 무림맹에 가입 신청을 하고 간택을 받으면 무림맹 소속의 표국으로 활동을 하게 된다 이 말씀이세요? 간택을 받지 못한 표국들은 짤 없이 망하는 거고?"

"자네 정도라면 무림맹 가입이야 당연한 수순일 테지,

그리되면 무림맹의 비호 아래 표국을 꾸릴 수 있으니 차라리 잘된 일이 아닌가?"

"잘된 일은 무슨. 무림맹의 비호고 나발이고 그래 봤자 무림맹 눈치나 보면서 하청이나 받고 세금이나 바치는 처지일 텐데…… 가뜩이나 관아에다가도 상납해야 하지 도적들에게도 상납해야 하지, 표국을 운영하려면 상납을 해야 할 곳이 천진데 하다 하다 이젠 무림맹에까지 상납을 하라구요? 못 해요! 안 해요!"

하다못해 동네 동냥아치들도 어린애 주머니는 안 턴다.

"명색이 구대문파라는 것들이 한다는 짓이 진짜…… 이 무슨 개떡 같은 경우냔 말이에요!"

루하가 그렇게 분통을 터트리는 통에 단형우의 말이 잠시 끊겼다. 그 틈에 그동안 잠자코 듣고만 있던 설란이 물었다.

"무림맹에 단씨세가도 참여하기로 했나요?"

"이미 구대문파가 나서기로 한 이상 육대가문, 아니, 이젠 다섯 가문이지. 다섯 가문에겐 선택의 여지가 없는 일이다. 내가 매형을 뵙고자 한 것도 그 일 때문이고. 의선가도 무림맹에 드는 것이 어떻겠냐는 것이 네 외조부님의 뜻이다."

"의선가가 무림맹에요?"

"무림맹 같은 큰살림에 의가는 반드시 필요한 것이 아니겠느냐? 물론 그것이 이유의 전부는 아니다. 보다 솔직히 말하면 아무리 세상을 호령하고 있는 다섯 가문이라고 해도 구대문파에 비하면 그 입지가 약한 것이 사실이다. 하물며 남궁세가까지 없는 이 마당에 무림맹 내에서 본가의 지위를 구축하기란 실로 요원한 일이지."

"의선가와 함께라면 그것이 가능하다 이 말씀인가요?"

"비록 분야는 다르지만 의선가는 무림에서 아주 특별한 지위를 갖고 있는 곳이니까."

"……."

잠시 생각에 잠기는 설란이다.

그러다 조심스럽게 입을 열었다.

"제가 선불리 말씀을 드릴 수 있는 사안은 아니지만…… 안 될 거예요. 의선가는 지난 칠백 년 동안 단 한 번도 어디에 소속이 된 적이 없어요. 그건 앞으로도 마찬가지구요. 어디에 소속이 된다는 건 그 반대편에 선 자들의 구명을 못한다는 뜻이고 환자를 가려 치료하는 건 의선가가 지금껏 추구해 온 것과는 다른 것이니까요."

설란의 목소리는 조심스러우면서도 단호했다.

그런 설란의 말에 단형우가 씁쓸한 미소를 짓는다.

늘 귀엽고 사랑스러운 조카지만 이럴 땐 냉철하기가 얼

음 같고 금석 같다.

'어쩌면 이리도 누님을 쏙 빼는지…….'

그래서 가끔씩은 이 사랑스러운 아이가 어렵기도 하고 무섭기도 한 단형우다.

"물론 쉬운 결정이 아니란 것은 알고 있다. 딱히 크게 기대를 하고 온 것도 아니고. 하지만 네 외조부님의 뜻이 그러한 만큼 매형께 말씀은 전해 주거라."

*　　*　　*

그렇게 의선가에 온 용무를 마친 단형우는 그 길로 바로 단씨세가로 돌아갔다.

하루가 지나서야 겨우 어지러운 마음을 수습한 예백령에게 설란이 단씨세가의 뜻을 전했지만 아니나 다를까, 일고의 가치도 없다는 듯 그 즉시 거절의 뜻을 인편에 보냈다.

그리고 루하는…….

"산서로 돌아가야겠어."

의선가를 떠나기로 결심했다.

"산서로? 벌써?"

"이왕 의선가까지 온 거 아예 정혼 날짜까지 확 잡아 버릴까 했는데, 장인어른을 보아하니 하루 이틀 만에 허락을 해 줄 것 같지가 않네. 그렇다고 무림맹 때문에 내 밥줄까지 끊길 판국에 언제까지고 장인어른의 허락이 떨어지기만을 기다릴 수도 없는 노릇이고. 너도 뭐, 당장 나랑 결혼할 생각까진 없는 것 같고. 영천단도 기약이 없는 건 매한가지고. 그러니까 일단은 산서로 돌아갈래. 산서로 돌아가서 양윤 아저씨랑 장 두령님이랑 같이 앞으로 밥벌이를 어떻게 할지 상의도 좀 해 보고 돌아가는 상황도 좀 살펴봐야겠어. 당연히 너도 같이 갈 거지?"

"뭐?"

"설마 동생 치료 끝났다고 이제 모른 체하겠다는 건 아니겠지?"

그럴 리야 없겠지 하면서도 루하의 눈은 옅은 불안으로 흔들리고 있었다.

그 불안이 왠지 기분 좋은 설란이다.

"어? 왜 웃어? 그 웃음의 의미가 뭐야? 설마 진짜 이제 볼 장 다 봤다고 나 몰라라 하겠다는 거야?"

"나 몰라라 하긴 뭘 나 몰라라 해. 그런 건 아니지만 그래도 내가 이제 거기까지 따라갈 이유가 딱히 없는 건 사실이잖아?"

"왜 없어!"

"뭐가 있는데?"

"보고 싶단 말이야!"

"……."

"이렇게 가까이 있는데도 매 순간 보고 싶어 환장하겠는데 넌 여기 있고 난 산서에 있고, 그 먼 거리를 떨어져 있으라고? 안 돼! 같이 가! 끝까지 안 가겠다고 하면!"

"하면?"

"확 환골탈태시켜 버릴 거야!"

"뭐?"

"환골탈태시켜 버리면 내가 같이 가자고 안 해도 니가 알아서 날 쫓아올 거 아냐?"

정말로 그렇게 해 버리기라도 할 것처럼 으름장을 놓는다.

그 바람에 저도 모르게 주춤, 뒤로 몸을 빼는 설란이다.

기가 막힐 일이다.

무림인들에겐 꿈에도 그리는 환골탈태가 이렇게 무서운 것이 될 수도 있다니?

"어떡할래? 너도 환골탈태 한번 당해 볼래? 아니면 그냥 순순히 따라올래?"

"알았어. 알았다고. 같이 가면 될 거 아냐."

환골탈태가 무섭기도 했지만 애초에 루하의 보고 싶단 말에 이미 그녀의 마음은 정해진 것이었다. 쿵 내려앉은 심장은 아직도 기분 좋게 널뛰고 있었다.

더구나 루하를 혼자 두기에는 도무지 안심이 안 된다.

옆에서 지켜보며 단속해야 했다.

그가 가진 어마어마한 것들이 통제를 벗어나지 않게.

그 어마어마한 것들이 통제를 벗어나는 순간 그것은 필경 재앙이 되어 세상을 덮칠 테니까.

마음먹기에 따라서 천하를 가질 수도, 천하를 망가뜨릴 수도 있는 것이 지금 루하가 가진 힘이니까 말이다.

다만 걸림돌이 하나 있었다.

"안 된다."

예백령이 단호히 고개를 저었다.

"너희의 마음을 몰랐다면 모를까, 남녀가 유별한 법인데 어찌 같이 보낼 수 있겠느냐? 더구나 조화지기가 완전히 깨어났으니 이제 네가 거길 가야 할 이유도 없고."

품 안의 자식이란 것을 안다.

부질없는 미련인 줄도 안다.

그럼에도 손에서 놓질 못하고 억지를 부려 보는 것, 아마도 그런 게 부모 마음일 것이다.

하지만 다행히 두 청춘남녀에게는 그들의 편을 들어주는 든든한 조력자가 있었다.

"그냥 보내 주거라."

예운형이다.

"허나 아버님……."

"이미 흘러간 마음이지 않느냐? 한번 흘러간 마음이 어디 억지로 잡아끈다고 되돌아오겠느냐? 하물며 고집은 제 어미보다 더한 아이인데. 역시 피는 못 속이는 게야. 한번 결정하면 하늘이 무너져도 꿈쩍도 않는 그 쇠고집도 그렇고, 사내 때문에 부모 속 썩게 하는 것도 그렇고. 사실 너희가 단씨세가에 가서 사돈께 그 난리를 피웠던 것에 비하면야 이 아이들은 아주아주 조신하고 예의가 바른 편이라 할 수 있지."

"아, 아버님……."

설란은 물론이고 루하까지 있는 앞에서 예운형이 짓궂게 젊은 날의 부끄러운 기억을 들추자 당황스럽고 민망해서 어찌할 바를 모르는 예백령이다.

그 속사정은 이미 단형우에게 들어 알고 있는 터라 루하가 저도 모르게 '쿡!' 실소를 토하자 밀려드는 창피함에 이젠 아예 얼굴까지 벌게져서는 진땀을 흘린다.

그런 예백령을 보며 예운형이 웃음기를 지우고 말했다.

"지금껏 란이가 그른 결정을 한 적이 없지 않느냐? 이번에도 분명 그러할 것인즉, 란이도, 란이가 선택한 아이도 그냥 믿어 주려무나."

이쯤 되면 루하가 한마디 거들 법도 하건만, 꿀 먹은 벙어리 신세로 예백령의 눈치만 살피고 있는 것을 보면 그에게도 이 자리가 어렵긴 어려운가 보다.

대신 설란이 입을 열었다.

"아직 영천단을 완성하지 못한 상태잖아요. 할아버지께서 연구를 계속하실 테지만, 그것과는 별개로 저는 저대로 루하와 같이 영천단을 완성할 방법을 찾아볼게요."

그걸로 끝이었다.

설란이 원하고 예운형이 그러라 한다.

더구나 귀하디귀한 여식의 마음을 훔친, 이 천하에 때려죽일 날도둑놈은 하나뿐인 아들의 목숨을 구해 준 더할 수 없이 고마운 은인이다.

이런 상황에서 어찌 더 고집을 피우고 억지를 부리겠는가.

서글프게도 예백령은 그저 애처로운 한숨만 푹 내쉴 수밖에 없었다.

"후아! 숨 막혀 죽는 줄 알았네!"

예백령의 방을 나서자마자 루하가 오래 참았다는 듯 마른 숨을 거칠게 토했다.

"긴장했어?"

"당연히 긴장했지! 우리 사이를 인정받느냐 못 받느냐 하는 결정적인 순간인데."

"뭐가 그렇게 거창해? 그냥 산서로 가는 거 허락받은 것뿐이거든?"

"그게 그거거든? 아버님도 그게 그거라서 그렇게 안 보내 주시려고 억지를 부리신 거거든? 진짜 끝까지 허락 안 해 주시면 어쩌나 얼마나 마음을 졸였는지…… 이거 아버님까지 환골탈태를 시켜 버려야 하나, 완전 고민했다니까?"

"환골탈태가 무슨 만사형통의 부적이라도 되니? 분명히 말하는데, 절대로 가볍게 생각해서도 안 되고 함부로 써서도 안 돼. 그건 사술로 사람의 마음을 조종하는 거나 마찬가지란 말이야. 사람의 마음을 조종한다는 건 이유가 어찌 되었든 사악하고 악독한 짓인 거고."

"알아. 알아. 이미 너한테 귀가 따갑게 들었거든? 어디까지나 말이 그렇다는 거지, 그게 그렇게 옳은 일이 아니란 것쯤은 나도 이제 충분히 알고 있다고. 게다가 옳은 일이라고 해도 웬만하면 하고 싶지 않고. 이미 충분히 후유증에 시달리고 있으니까. 처남 하나로도 아주 지긋지긋하단 말이지. 저 봐. 내가 어디 있는지는 귀신처럼 알아서는 또 저렇게 득달같이 달려오는 거 봐 보라고. 저런 걸 하나 더 만들었다간 뒷간에서 볼일도 제대로 못 볼걸?"

아닌 게 아니라, 저 멀리서 예천향이 그들을 향해 집에 불이라도 난 것처럼 헐레벌떡 달려오고 있었다.

"루하 형! 루하 형!"

애타게 루하를 부르면서.

"왜 또? 무슨 일인데?"

"헉헉. 루하 형. 헉헉. 산서로 돌아가신다면서요?"

"일단 숨 좀 고르고 말해."

"헉헉…… 헉…… 헉…… 진짜…… 가시는 거예요?"

"거기가 내 집이라서 내 집으로 돌아가는 건데 무슨 전쟁이라도 난 것처럼 난리야?"

"그럼 저도 같이 가요!"

"뭐?"

"저도 같이 데려가 줘요!"

예천향의 느닷없는 제안에 루하가 눈살을 찌푸리는 사이 설란이 대신 대답했다.

"안 돼!"

"왜? 왜 안 돼?"

"병 나은 지 얼마나 됐다고 그 먼 길을 가? 그리고 넌 의선가의 장자야. 이젠 병도 나았으니까 본격적으로 의선가의 후계를 이을 준비를 해야지."

"그치만……."

못내 미련을 못 버리겠는지 울상을 짓는 예천향의 얼굴을 두 손으로 감싸 쥐며 부드럽지만 단호하게 말했다.

"내가 말했지? 지금 루하한테 자꾸 마음이 쓰이는 게 사실은 네 의지가 아니라고. 조화지기가 그렇게 만드는 거라고. 그러니까 이참에 네 의지로 한 번 이겨내 봐. 의선가의 장자가 자기 마음도 스스로 통제하지 못한다면 환자가 어떻게 우리 의선가를 믿고 목숨을 맡기겠니?"

여전히 울상이다.

루하를 올려다보는 눈은 안쓰러울 만큼 가엾다.

그런데도 울먹이는 얼굴로 고개를 끄덕인다.

루하에 대한 어찌할 수 없는 집착마저도 설란에 대한 절대적인 신뢰를 깨뜨리지는 못하는 모양이다.

덕분에 떠나는 걸음이 홀가분해졌다.

의선가에서의 모든 정리를 끝낸 루하와 설란은 이튿날 날이 밝자마자 바로 의선가를 나섰다.

그렇게 산서로 향하는 길.

무림맹 창설 소식이 들려온 것은 하북을 지나 막 산서성에 접어들었을 무렵이었다.

루하와 설란에게는 새로울 것이 없는 소식이었지만 세상

은 달랐다.

온통 그 이야기로 시끄러웠다.

남궁세가의 혈겁으로 불안에 떨던 민심은 안도와 환호를 보냈고, 기존에 기득권을 가지고 있던 무문들은 어떤 식으로든 무림맹이 자신들의 기득권을 침범하려 할 것이 뻔하기에 전전긍긍하며 불만을 토로했으며, 무림맹과는 적대적 관계일 수밖에 없는 녹림도는 무림맹의 행보에 촉각을 곤두세우며 긴장했다.

이어서 루하와 설란이 산서 양천에 들어섰을 때는 하남의 개봉에 무림맹 총단이 세워졌다는 소식이, 태원에 이르렀을 때는 남궁세가를 제외한 오대가문이 무림맹 입맹을 결정했다는 소식이 차례로 들려왔다.

그리고 마침내 정양에 도착했을 때 그들이 접한 소식은,

무림맹에서 무림동도들께 고합니다. 작금에 이르러 녹림의 세가 강해지고 무도한 녹림도당이 활개를 치며 세상을 어지럽히고 있는 바, 이에 무림맹에서는 각 성의 표국들과 연대해 무질서한 녹림도의 질서를 바로잡으려 합니다. 그리해 정의구현이라는 기치 아래 무림맹과 뜻을 같이할 표국을 모집합니다.

라는 공문이었다.

자세한 속사정을 모르는 사람들은 공문에 적힌 글귀 그대로를 믿고 드디어 세상을 흉흉하게 만드는 무뢰도당들이 뿌리 뽑힐 것이라며 한껏 기대를 드러냈고, 속사정을 아는 사람들은 말만 그럴싸할 뿐 구대문파가 드디어 숨겨 뒀던 야욕을 드러낸 것이라며 앞으로 급변할 세상을 걱정했다.

물론 루하와 설란은 후자였다.

이미 단형우에게서 자세한 내막을 들어 두었던 터라 이 역시 전혀 새삼스럽지도 않았다.

다만 공문 아래에 적힌 이름에는 놀랐다.

무림맹 표마원 원주 광혜(光慧) 배상(拜上)

불성(佛聖) 광혜.

소림 장문인 광현(光玄)의 사형이자 정도십이천의 수장.

그 높디높은 이름이 표마원의 원주라는 직위로 거기에 적혀 있었던 것이다.

"불성 광혜 대사 정도 되는 사람이 표마원의 원주인 걸 보면 표마원이 무림맹 창설의 이유이자 존재 목적이라던 너네 외숙 말이 딱 맞네. 근데…… 너 표정이 왜 그래?"

루하가 설란을 보며 의아히 물었다.

공문 아래 광혜의 이름에서 눈을 떼지 못하고 있는 설란의 표정이 어떤 불쾌함으로 딱딱하게 굳어 있었다.

"혹시 불성을 알아?"

"알아. 소림대환단을 얻으려고 할아버지와 소림에 갔을 때 만났어."

"표정을 보니까 그다지 기분 좋은 만남은 아니었던 거 같은데?"

"소림은 소림대환단이, 아니, 영천단이 우리 의선가가 만들어 소림에 나누어 준 것이란 걸 인정하고 싶어 하지 않으니까. 소림대환단은 온전히 소림의 것이어야만 하니까."

의선가의 시조 의성 예좌흔이 조화지기를 얻어 스무 개의 영천단을 만들었고 평소 친분이 두터웠던 소림의 혜공에게 그중 열 개를 주었다. 천 년에 이르는 동안 다섯 개가 소진되었고 이제 남은 것은 다섯 개.

동생 예천향을 살리기 위해 딱 하나만 돌려 달라 사정도 하고 권리도 주장했다. 하지만 광혜는 소림대환단은 처음부터 소림의 것이었으며 사정이 딱하다 하여 소림의 보물을 함부로 내어 줄 수 없다는 말로 그들의 청을 일축했다.

"칠백 년이나 된 은원이니까. 칠백 년이나 된 케케묵은 과거사 때문에 장경각, 역근세수경과 더불어 소림의 삼대 보물이라고 일컬어지는 소림대환단이 원래는 소림의 것이 아니었다 인정할 수 없었던 거지. 당연히 다섯 개밖에 안 남은 보물이 아깝기도 했을 테고."

"하긴, 무림맹이니 표마원이니, 지금 하는 짓거리들을 보면 부처님의 제자라는 양반들이 물욕은 더한 것 같더만. 그래서? 광혜 그 인간한테 사기꾼 취급이라도 당했던 거야? 그래서 이렇게 표정이 안 좋은 거야?"

광혜 대사에서 순식간에 광혜 그 인간으로 호칭이 바뀐다.

설란이 억울한 일을 당했다고 하니 덩달아서 괜히 울컥 화가 나는 루하다.

"아냐. 그래도 명색이 불성이라고까지 불리는 소림의 최고 어른인데 사람 면전에다 대고 그런 짓을 하지는 않지. 물론 인자한 낯으로 돌려서 비꼬던 게 더 기분 나쁘긴 했지만…… 그 정도야 어차피 각오하고 간 일이었으니까. 우리를 사기꾼 취급하고 도둑놈 보듯 한 건 광혜 대사의 제자들이었어. 그중 하나는 할아버지에게 염치없는 늙은이라며 대놓고 모욕을 주기도 했고 의선가를 무슨 동냥질하는 동네 거지패 취급하며 싸잡아서 욕도 했어."

"그걸 그냥 뒀어? 확 다 엎어 버리지!"

"소림이거든? 정도십이천의 수장격인 불성을 스승으로 둔 자들이거든? 할아버지와 내가 무슨 재주로?"

분노로 따지면야 지금 루하의 것이 어찌 직접 겪은 설란의 것에 비하겠는가.

마음 같아서야 골백번도 더 엎었다.

은혜도 모르는 배은망덕이라 욕이라도 실컷 해 주고 싶었다.

하지만 힘이 없었다.

힘이 없어서 참을 수밖에 없었다.

그때를 생각하면 아직도 모멸감이 끓어오르는지 입술을 피가 나도록 꽉 깨물었고 말아 쥔 작은 손은 바들바들 떨린다.

그런 설란의 손을 루하가 힘주어 잡았다.

"뭐, 다 지난 일이잖아. 동생 병도 고쳤고. 나중에 소림이 가지고 있는 것보다 훨씬 더 효력 좋은 걸로 잔뜩 만들어서 소림대환단 따위 보물 취급도 못 받게 해 버리자고."

꽉 잡은 루하의 손이, 결심에 찬 그 말이 그렇게 위로가 되고 든든할 수가 없다. 다 지난 일이라 하면서도 어딘가 먼 곳으로 향하는 노기 가득한 눈빛이 또 그렇게 고마울 수가 없다.

자연 맞잡은 손에 힘이 들어가고 모멸감으로 일그러졌던 얼굴에도 언제 그랬냐 싶게 웃음꽃이 핀다.

"그래. 그렇게 웃어. 그렇게 웃으니까 얼마나 예뻐."

"언제는 화난 모습이 더 예쁘다며?"

"그때그때 다른 거지. 사람이란 게 단 게 먹고 싶을 때도 있고 매운 게 땡길 때도 있고 그렇잖아. 지금은 웃는 얼굴이 제일 예뻐."

"칫. 아무튼 번덕은…… 그나저나 이제 어쩔 거야?"

설란이 걱정스럽게 묻는다.

"뭘?"

"외숙부님 말씀대로 무림맹에서 표국 사업을 할 거라는 게 확실해졌잖아. 그럼 이제 무림맹과 연대를 하지 않고서는 표국 운영은 불가능해진 거고. 이왕이면 다들 무림맹 깃발이 붙은 곳에 표물을 맡기려 할 테니까. 표국을 차리지 않을 거면 모르지만 표국을 차릴 거면 결국 이번 모집에 너도 신청을 해야 하는 거 아냐?"

"신청은 개뿔. 안 해, 그딴 거. 소위 정파를 대표한다는 구대문파에서 한다는 짓이 진짜…… 꼴같잖아서라도 저런 것들이랑은 같이 일 안 해!"

"천랑채 식구들은 다들 너랑 같이 표국에서 일할 생각으로 너한테 몸을 맡겼는데 그럼 그들은 어쩌고?"

"몰라. 일단 가서 상의를 해 봐야지. 아무렴 정도십이천이랑 어깨를 나란히 하는 이 삼절표랑께서 내 식구 굶기기야 하겠어? 뭘 해도 먹고살 길이야 있겠지."

말은 그렇게 했지만 사실 좀 막막하긴 했다.

뭘 해도 먹고살 길이야 없겠냐마는, 표국밖에 생각 안 하고 있다가 표국을 못 할지도 모른다고 생각하자 머릿속이 그냥 멍했다.

아무 생각도 안 나고 딱히 생각하고 싶은 마음도 없다.

'앞으로의 계획이야 뭐, 집에 가서 양윤 아저씨랑 같이 머리를 맞대 보면 뭐라도 답이 나오겠지.'

그렇게 생각하고 걸음을 서둘렀다.

그런데, 걸음을 서둘러 집에 도착하고 보니 정작 믿고 의지했던 양윤이 꽤나 큰 사고를 쳐 놓고는 그를 기다리고 있었다.

* * *

"뭐라……구요?"

루하가 어이없어하며 양윤을 보자 양윤이 잔뜩 죄스러운 표정으로 한숨을 푹푹 내쉰다.

"오천 냥짜리 집을 사랬더니 십이만 오천 냥짜리 집을 샀다고요?"

"그게…… 오천 냥짜리를 사려고는 했었네만…… 자네가 팔공산의 사왕을 죽였다는 소문으로 온 마을이 다 난리지, 현천상단이다 중원상단이다 다들 자네한테 투자를 하겠다고 또 그 난리지…… 오천 냥짜리 정도로는 이제 자네의 명성에는 너무 걸맞지 않게 되어 버렸지 않겠나."

"그럼 그냥 오천 냥짜리 집을 안 사면 그만이지 왜 십이만 냥이 넘는 집을 사요? 그것도 빚까지 내서?"

"나도 처음엔 그냥 자네가 돌아오면 그때 다시 상의해 보려고 했네만 그 사이에 천랑채 분들이 먼저 와 버렸지 않나. 딱히 그분들을 모실 만한 장소도 마땅치 않은 데다 그 분들을 나한테 보낸 것을 보면 자네가 이제 본격적으로 표국을 시작하려는 것도 같고. 아무리 생각해도 자네가 거추장스럽게 상단의 투자를 받거나 하진 않을 것도 같고. 마침 시세보다 아주 싼 값에 나온 건물도 있고, 자네 이름만 대도 아주 싼 이자에 돈을 빌려주겠다는 곳은 널렸고. 자네가 사왕을 죽였다는 소식에 마음이 그만 들떠서 경솔히 일을 저질러 버린 것은 사실이지만 그래도 삼절표랑의 명성이라면 그 정도는 되어야 한다고 생각했네. 그 정도는 충분히 유지할 수 있다고도 생각했고."

"하지만 무림맹이 이 바닥에 뛰어들기로 한 이상 삼절표랑이고 나발이고 밥 벌어먹고 살기 완전 힘들게 돼 버렸다고요. 입에 풀칠하기도 바빠진 판국에 아무리 싼 이자로 빌렸다고 해도 십이만 냥이면 매달 나가는 이자만 해도 장난 아닐 텐데, 그걸 어떻게 다 충당해요?"

"그러니까 말이네. 난데없이 일이 이렇게 되어 버렸으니…… 내가 자네 볼 면목이 없네. 정 안 되면 다시 집을 내놓겠네. 워낙에 싸게 나온 물건이라 느긋이 시간을 두고 팔면 그간 나가는 이자를 치더라도 절대로 손해는 보지 않을 것이네."

완전 죽을죄를 지은 사람처럼 풀 죽은 양윤을 보자니 괜히 또 마음이 약해지는 루하다.

"일단…… 건물부터 보자구요. 건물부터 보고 나서 되팔든 어쩌든 결정을 하자구요."

第六章

출범! 쟁천표국(爭天鏢局)

'젠장! 좋기는 무쟈게 좋네.'

양윤을 따라 도착한 곳에는 그야말로 마주하고 선 것만으로도 압도되는 고루거각이 있었다.

시세니 뭐니 그런 거에 관해선 무지한데도 시세보다 싸게 나왔다는 양윤의 말이 절로 납득이 될 정도였다.

"……어떤가?"

두말할 것도 없이 좋다.

되팔기 아까울 만큼.

이런 곳에서 한번 살아 보는 게 평생의 소원이었던 적도 있었다.

"그…… 현천상단에서 투자를 하겠다는 건 물 건너갔겠죠?"

"상황이 상황이니만큼 이미 모든 계획을 철회시켰을 것이네. 다른 상단도 마찬가지고. 매일같이 찾아오던 자들이 무림맹 공표가 있고부터는 누구 하나 코빼기도 보이지 않는 것만 봐도……."

"가지고 있던 오천 냥은요? 이 집 사는 데 보탰어요?"

"아니네. 집을 사는 데 들어간 돈은 전액 빌린 것이네. 표국을 차린다고 해도 이것저것 준비를 하다 보면 정식으로 문을 여는 것부터 표국이 제 궤도에 오르는 것까지, 적잖은 시간이 필요할 것이기에 오천 냥은 여분의 자금으로 남겨 뒀네."

"빌린 돈 갚으려면 한 달에 얼마씩 내야 하죠?"

"이자 백 냥에 원금 오백 냥, 합쳐서 육백 냥이네."

"하…… 오천 냥으로는 일 년도 못 버티겠네요?"

"이것저것 부가적으로 들어갈 돈까지 생각하면 최대로 잡아도 반년일 테지."

"반년이라……."

짧다면 무지하게 짧고 길다면 적당히 긴 시간이다.

"이왕 이렇게 된 거 까짓 버티는 데까지 버텨 보죠."

"그럼 팔지 않을 생각인가?"

"손에 들어오지 않았다면 모를까 이미 내 손에 들어와 버린 건데, 그냥 맥없이 놔 버리기에는 너무 아깝잖아요. 반년이면 뭔가 대책이 세워지겠죠."

"그러다 더 큰 손해만 입게 될지도 모르네."

"원래부터 빈 몸이었는데요, 뭐. 아까울 것도 없어요."

그렇게 편히 생각하기로 하고 건물의 문을 열고 안으로 들어갔다.

"어? 정 소협! 이제 오신 겁니까?"

"예 소저! 그간 더 예뻐지셨습니다그려. 허허허!"

안으로 들어서자 여기저기 낯익은 얼굴들이 반갑게 인사를 건네 왔다.

천랑채 식구들이다.

"딱히 모실 곳이 마땅치가 않아서 이 건물을 사자마자 바로 입주를 시켰네."

굳이 양윤의 말이 아니더라도 그들의 익숙하고 편한 모습에서 이미 꽤나 오래 이곳에서 제집처럼 살고 있다는 걸 알 수 있었다.

그리고 그 길의 끝에 장청이 있었다.

시큰둥한 척 오만하게 고개를 추켜들고는.

그 눈에 채 숨기지 못한 반가움을 담고서.

*　　*　　*

루하는 바빴다.

그날부터 줄곧 집안 정리의 연속이었다.

천랑채 식구들이 기본적인 것들은 얼추 다 손을 봐 놓은 상태였지만 그래도 워낙에 큰살림이다 보니 집주인만이 할 수 있고 또 해야만 하는 것들이 잔뜩 있었다.

그리해 바쁜 나날의 끝에 드디어 그때가 왔다.

"자자. 다들 모였어요? 다들 모인 거죠?"

어쩐 일인지 건물 앞에 천랑채 식구들을 비롯해서 설란과 양윤, 그리고 양윤의 가족들까지 죄다 모여 있었다. 그리고 그들의 눈은 일제히 정문 앞에 걸린 현판을 보고 있었다.

하지만 천에 가려져 그 안의 글자는 보이지 않았다.

오늘 완성된 현판이었다.

인근 명필로 유명한 낙향선비에게 무려 다섯 냥이나 주고 글씨를 받아다가 사흘 동안 거의 밤을 새가며 루하가 직접 새긴 것이었다. 그동안은 부정 탄다며 설란조차 가까이 오지 못하게 했었다.

"자, 다들 모인 거 맞죠? 그럼 개봉합니다!"

다시 한 번 인원을 확인한 루하가 현판을 가린 천을 야심차게 잡아당겼다.

좌아아악—

그리해 드러난 네 글자.

[쟁천표국(爭天鏢局)]

"쟁천표국?"

"무슨 뜻이지?"

"하늘과 싸운다는 뜻인가? 그거 포부 한번 당차구만."

"글쎄, 내가 보기엔 좀 유치해 보이는데?"

루하가 워낙에 기밀을 잘 유지했던 터라 모두가 처음 접하는 이름에 더러는 뜻풀이를 해 보기도 하고 더러는 감탄을 하기도 하고 또 더러는 못마땅한 기색을 드러내기도 한다.

"그런 뜻 아니거든요?"

"그런 뜻이 아니면 무슨 뜻입니까?"

"글자 그대로예요. 쟁자수의 쟁과 하늘 천을 따서 '쟁자수가 하늘인 표국이다' 라는 뜻이죠. 즉, '쟁자수인 내가 이 표국의 하늘이다' 라는 정도로 해석하시면 돼요."

루하의 설명에 대한 반응은 즉각적으로 나왔다.

"뭡니까, 그게?"

"그게 뭐야?"

"아주 꼴값을 떠는구만."

'뭡니까, 그게?' 는 천랑채 부채주 모웅의 것이었고 '그게 뭐야?' 는 설란의 것이었으며 '아주 꼴값을 떠는구만' 은 당연하게도 장청의 것이었다.

말은 안 했지만 양윤은 머리가 지끈거리는 표정으로 한숨을 푹 내쉬었고 양윤의 아들딸들은 루하를 한심하다는 눈으로 본다.

다만 딱 한 명.

"어머어머! 좋네요, 좋아. 표국 이름을 하나 지어도 어쩜 이렇게 영웅의 기상이 팍팍 느껴지시나 몰라. 호호호호."

양윤의 처 이씨 부인만은 박수까지 쳐 대며 다분히 작위적이고 아부성 짙은 칭찬을 해 댄다.

그런 이씨 부인의 호응에 힘입어 루하가 덧붙였다.

"그런 의미로다가 이 시점에서 우리 쟁천표국의 방침을 하나 말씀드릴게요. 지금도, 그리고 앞으로도 우리 쟁천표국에 쟁자수는 저 하나뿐일 겁니다. 표국에 하늘이 둘일 수는 없는 거니까요."

양윤이 어리둥절하며 물었다.

"그게 무슨…… 허면 쟁자수를 쓰지 않을 거라는 말씀이신가? 엄연히 쟁자수가 하는 일이 있고 표사가 하는 일이 따로 있는데 어찌……?"

"따로 안 합니다. 내가 표국 밥을 좀 먹어 보니까 굳이 쟁자수와 표사의 일을 구분 지을 필요가 없었어요. 표사들이 쟁자수 일을 해도 충분히 돌아갑니다. 다시 말해 우리 쟁천표국은 표사가 쟁자수고 쟁자수가 표사인 곳입니다. 그렇게 운영을 할 겁니다."

"허나 그걸 표사들이 납득을 할 리가……."

표사들 그 높은 자존심에 누가 쟁자수나 하는 일을 하려 할까?

그런데, 이상하게도 아무도 루하의 말에 반감을 보이는 자가 없다. 하나같이 그냥 멀뚱한 표정으로, 혹은 그게 뭐 대수라는 양 아무 생각 없는 표정으로 눈만 끔뻑거리고 있다.

'아! 그러고 보니…….'

지금 이 자리에는 표사였던 자가 아무도 없었다.

표국의 주인인 루하부터 앞으로 표행을 나가게 될 천랑채 식구들, 심지어 총관직을 맡은 양윤 자신까지 누구 하나 표사를 해 본 적이 없다. 그러니 애초에 표사로서의 자존심이나 자부심 같은 게 있을 리도 없다.

'그렇다곤 해도…….'

문제는 더 있다.

"표사들이 쟁자수 일까지 맡아 하면 표행에 투입하는 표사의 수도 그만큼 늘려야 하는데, 그럼 필요 이상으로 지출이 커질 것이네."

표사 하나를 더 쓰는 게 쟁자수 다섯을 쓰는 것과 같은 비용이 드는 것이 일반적인 몸값이었다.

"가뜩이나 무림맹으로 인해 이 시장이 어떻게 될지 모르는 상황이고 매달 전장에 갚아야 할 돈도 빠듯한 실정인데 필요 이상으로 운영비를 늘리는 건 너무 무리한 결정이네."

양윤의 걱정과는 달리 어쩐 일인지 루하는 태평했다.

"괜찮아요. 나도 다 생각해 둔 것이 있으니까."

"……."

가진 오천 냥으로는 반년밖에 못 버틴다며 며칠 전만 해도 그 못지않게 걱정을 했던 루하의 그 같은 태평함이 잘 이해가 되지 않는다.

하지만 앞으로 루하가 수족처럼 부려야 할 사람들 앞이다.

더구나 처음으로 쟁천표국의 현판을 단 이 기념비적인 개국식 날, 괜히 꼬치꼬치 캐묻다가는 분위기도 망치고 루하의 권위도 해칠 수가 있어서 마음속 의문들을 일단은 속으로 삼키는 양윤이다.

"어쩌려고? 뭘 생각해 뒀다는 거야?"

궁금하기는 설란 역시 마찬가지였는지 약식으로 간단하게 치러진 개국식을 마치자마자 루하의 뒤를 졸래졸래 쫓아오며 묻는다.

루하가 대답했다.

"시작도 하기 전에 불경기부터 걱정하는 게 좀 한심하긴 하지만 워낙에 안 좋은 상황이다 보니 말이야. 아무래도 오천 냥으로는 영 안심이 안 되더라고. 그래서 이것저것 방법을 궁리해 봤지."

"방법이라면?"

"중원 제일의 갑부인 현천상단의 단주라든가, 황실 최고 어른인 진천왕야라든가…… 그런 사람들 중 하나를 환골탈태시켜 버리는 게 가장 간단한 방법이긴 한데 말이야. 그러면 굳이 내가 뭘 하지 않아도 알아서들 금덩이들을 싸들고 올 거 아냐?"

"또 환골탈태니? 그 머리에서 나오는 거라고는 어떻게 된 게 하나같이 기승전환골탈태니?"

"말이 그렇다는 거지, 말이. 아무리 주머니 사정이 궁해도 이제 그 짓은 안 한다니까."

"그럼 그거 말고 뭔데?"

"일단 따라와 봐. 그렇잖아도 그 문제로 너랑 상의할 것이 있어."

루하가 걸음을 빨리했다.

그렇게 루하가 설란을 데리고 도착한 곳은 내원의 어느 창고였다.

자물쇠를 풀고 빗장을 열었다.

그리해 드러난 창고 안 한쪽에 수십 자루의 도검이 제대로 정돈도 되지 않은 채로 수북이 쌓여 있었다.

"이게…… 다 뭐야?"

"보는 바대로야."

"설마 이 도검들을 다 변형시킨 거야?"

"맞아. 금강한철로 다 바꾼 거야."

"금강한철?"

"네가 그랬잖아. 내가 금의 기운으로 변형시키는 철은 금강석보다 단단하고 만년한철보다도 탄성이 좋다고."

"그렇다고 금강한철로 이름을 지은 거야?"

참 단순도 하다.

"그래서, 이 많은 걸 왜 다 금강한철로 바꾼 건데? 설마 팔려고?"

"이제 이건 팔면 안 되는 물건이 아니니까. 적어도 이제 난 내 몸 하나는 지킬 수 있는 힘이 있으니까."

그러고 보니 그랬다.

처음 루하가 한 자루 녹슨 철검을 금강한철로 탈바꿈시켰을 때, 세상에서 가장 뛰어난 검이지만, 그래서 팔면 수만 냥은 받을 수 있는 검이지만 명검보도에 대한 무림인들의 눈먼 탐욕에 목숨을 부지하기 어려울 거라고 루하를 겁

준 적이 있었다. 그리고 그때 이렇게 한마디를 덧붙였다.

적어도 너 스스로 네 몸 하나 지킬 수 있는 힘을 가지기 전에는 다른 욕심은 버리라고.

"이제 이 금강한철의 도검이 나한테서 나왔다고 해도 어느 누가 감히 날 건들겠어? 명색이 사왕을 꺾은 삼절표랑인데. 안 그래?"

"그래서 이걸 다 팔겠다고?"

"한 자루에 얼마나 받을 수 있을까? 삼만 냥? 오만 냥?"

"흔하지는 않겠지만 이 정도 무기면 이십만 냥에도 사겠다는 사람이 있긴 하겠지."

"뭐? 이십만 냥? 그럼 겨우 이런 거 한 자루가 이 대궐 같은 집 두 채랑 맞먹는다는 거야?"

"여기 있는 것들을 한꺼번에 다 팔면 그렇게는 못 받겠지. 이십만 냥은 희소성까지 다 따졌을 때의 가격이니까. 하지만 도검의 재질로는 세상에서 가장 뛰어난 금속인 만큼 단순히 그 가치만으로도 수만 냥은 호가할걸?"

"그래? 그렇단 말이지?"

생각보다도 높은 가격에 루하의 눈이 반짝반짝한다.

사람만 잘 만나면 한 자루만 팔아도 집 사느라 빌린 돈을 한 방에 다 갚을 수도 있는 것이다.

"의선가라면 무림인들과도 왕래가 많으니까 살 만한 사

람한테 줄 좀 놔줄 수 있어?"

"그거야 어려운 일은 아닌데…… 근데, 아깝지 않겠어?"

"뭐가?"

"세상에서 그 짝을 찾기 어려울 정도로 뛰어난 명검보도잖아. 그 유일무이한 걸 너만이 쓸 수가 있는데 그걸 세상에 막 뿌려 버리는 게 무인으로서 아깝지 않냐는 거지. 더구나 이런 무기를 수만 냥, 수십만 냥씩 주고 살 사람이라면 무림에서 이름 꽤나 알려진 고수들일 테고, 그것이 명성이든 실력이든 간에 어쩔 수 없이 너와는 경쟁 관계에 놓이게 될 사람들일 텐데 그런 경쟁자들의 손에 이 좋은 무기를 들려 줘도 정말 괜찮겠어?"

"음……."

거기까진 생각 안 해 봤다.

듣고 보니 좀 아깝기도 하고 찜찜하기도 했다.

"그래도 한 자루에 기본으로 수만 냥씩 하는 걸 그냥 썩히기는 너무 아깝잖아."

"그럼 일단은 그냥 놔둬 봐. 오천 냥으로 아직 반년은 버틸 수 있으니까 그사이 상황이 좋아져서 돈 아쉬울 일이 안 생길 수도 있고. 정 궁해지면 그땐 내가 팔 만한 곳 알아봐 줄게."

"하긴, 뭐, 당장 급한 건 아니니까."

금세 수긍해 버린다.

당장 눈앞에 수십 수백만 냥의 돈이 있는데도 별로 미련이 없는 얼굴이다.

그게 조금 의외인 설란이다.

돈을 참 좋아하던 루하가 아니던가.

은 오천 냥에 그 무서운 팔공산 표행길을 마다하지 않던 그였는데, 당장 수십 수백만 냥의 돈을 만들 수 있는데도 전혀 아쉬워하지 않는다.

세상에 다시없을 자신만의 병장기에 대한 욕심과 경쟁자들에 대한 본능적인 경계가 그에게 있어 돈보다도 더 중요한 가치가 된 것이다.

'이젠 진짜 무인이 다 됐네.'

그런 그가 좀 대견하기도 하고 든든하기도 했다.

그렇게 뿌듯한 마음으로 루하를 보고 있을 때였다.

웬일인지 양윤이 급한 걸음으로 뛰어왔다.

"무슨 일이세요?"

"저기…… 손님이 찾아왔네."

"손님? 누군데요?"

"그게…… 소림이네."

"예?"

"소림의 현정, 현학이라는 두 분 승려께서 찾아오셨네."

소림이라는 이름에 이미 주눅이 들어 버린 양윤과는 달리 루하는 그저 조금 뜻밖이라는 표정이었다. 그런데 설란의 표정이 이상했다.

눈동자는 흔들렸고 얼굴은 딱딱하게 굳었다.

왠지 동요하는 빛이 역력했다.

문득 짚이는 것이 있어 양윤에게 물었다.

"현정, 현학이라는 사람들…… 혹시 불성의 제자들이에요?"

"거기까진 나도 잘 모르겠네."

무림인들에 대해서는 루하보다도 더 무지한 양윤이다.

대신 설란이 대답했다.

"맞아. 두 사람 다 불성 광혜 대사의 제자들이야. 표마원의 일로 찾아온 걸 거야."

역시 설란의 동요는 거기에서 비롯된 것이었다.

소림에서 소림대환단을 얻으러 온 의선가의 조손을 무슨 동냥질 하러 온 동네 거지패 취급하며 도둑놈 보듯 한 바로 그 장본인들.

'좋아. 어디 그 면상들이나 한번 구경해 보자고.'

그리해 보게 된 면상들은 참 불성 광혜의 제자들답게 생겼다.

인자한 얼굴, 묻어나는 기품, 그리고 어딘지 탈속한 듯한 분위기까지.

"허허. 정 시주의 위명은 익히 들었습니다만 표국을 개업하셨을 줄은 미처 몰랐습니다그려."

설란에게 미리 얘기를 듣지 못했더라면, 기꺼운 말투로 사람 좋은 웃음을 건네 오는 두 승려에게 합장이라도 올렸을지도 몰랐다.

하지만 홀로 상석에 앉아 툭 건네는 루하의 말투는 까칠했다.

"어떻게들 오셨죠?"

루하의 까칠한 말투가 의외였는지 두 승려가 서로의 얼굴을 보며 의아해한다. 하지만 그것도 잠시, 지금껏 이름난 표국의 주인들을 숱하게 만나 보았다. 표마원이라는 이름 앞에 환영을 보내주는 자들도 있었지만 대부분은 적의와 경계였다.

아무리 세상의 존경을 받는 구대문파라고 해도 그들에겐 자신들의 밥그릇을 뺏으러 온 도둑일 뿐인 것이다.

루하의 까칠한 태도도 그렇게 해석하고는 대수롭지 않게 넘겼다.

"그 전에 정 시주께 하나만 여쭤 봐도 되겠습니까?"

"뭔데요?"

"표국도 개업을 하셨는데 어찌 표마원의 모집에는 신청을 하시지 않은 것입니까? 아니면, 표마원의 공문을 아직 보지 못한 것입니까?"

"공문은 봤죠. 벽보가 사방천지에 죄다 붙어 있는데 장님이 아닌 다음에야 그걸 왜 못 봤겠습니까?"

"그럼 어찌……."

"현판을 붙인 게 바로 오늘이거든요? 표국의 문을 오늘 열었는데 신청을 하고 말고 할 시간이 어디 있어요?"

"하면 모집에 응할 뜻은 있으십니까?"

"아뇨, 없어요. 전혀. 아시고들 계시겠지만 그래도 내가 팔공산의 사왕을 꺾은 몸이란 말이죠. 죽은 천무검성을 대신해서 정도십이천에 이름을 올려야 한다는 말까지 듣는 난데, 아무리 무림맹이 대단하다고 해도 하청이나 받아서 표국을 운영할 급은 아니란 거죠."

까칠함에 건방까지 더한다.

그것이 대소림본사의 승려들 앞이기에 도를 넘어선 기고만장이라 할 수 있었다. 그런데도 정작 그 대소림본사의 승려들은 분노도 거부감도 전혀 드러내지 않는다.

그것이 너무도 당연한 기고만장이기 때문이다.

아무리 자신들이 대소림본사의 승려고 불성 광혜의 제자라고 해도, 상대가 아무리 아직 머리에 피도 안 마른 애송이라고 해도 팔공산의 사왕을 죽인 자다. 그로 인해 명실공히 그들의 스승과 어깨를 나란히 하고 있는 것 또한 사실이다.

그 사실 하나만으로도 지금의 기고만장은 당연한 권리가 된다.

"물론 하청이나 받을 분이 아니란 것을 잘 알고 있습니다. 고작 그런 것을 청할 거였다면 저희가 이렇게 직접 정 시주를 찾아오지도 않았을 테구요."

"……."

"저희 원주님께서는 정 시주께서 표마원의 외단을 맡아 주시기를 바라고 계십니다."

"외단 단주요? 그게…… 뭐하는 건데요?"

"표마원은 내단과 외단으로 구분됩니다. 내단은 무림맹 내에서 무림맹의 예산 지원을 비롯해서 무림맹과 연대할 표국 선별 등 사무적 업무를 담당하는 곳이고 외단은 실질적인 표행 업무를 총괄하는 곳입니다. 다시 말해 중원 스물한 개 성에서 선별된 표국들을 맡아 관리하는 직책이라 생각하시면 됩니다."

이번만큼은 루하도 마냥 시큰둥해 있을 수가 없었다.

그들의 말인즉슨, 그들의 손을 잡기만 하면 단숨에 대륙 모든 표국들의 왕이 될 수도 있다는 것이었다.

비록 그 위에 표마원이라는, 아니, 불성 광혜라는 황제를 받들어야 하지만.

그야말로 일인지하 만인지상의 자리.

그 파격적인 제안에 심장마저 널뛴다.

"그래서…… 제가 외단을 맡는다면 내단의 단주는 누군데요?"

"소승들의 사숙이신 광목 사숙이 맡기로 하셨습니다."

"대체 왜 나한테 그런 중책을 맡기겠다는 거죠? 명성이나 경륜에서 저보다 훨씬 더 적합한 분들이 많을 텐데?"

대륙 스물한 개 성의 모든 표국을 관리하기에는 확실히 경험도 나이도 너무 일천한 루하다. 그런 루하에게 이런 중책을 맡긴다는 것은 파격적인 만큼 무리한 인사일 수밖에 없다.

그렇게 무리한 인사까지 단행하면서 굳이 자신을 그 자리에 앉히려는 이유가 뭘까?

"그건…… 본원의 기준에서는 그분들보다 정 시주가 더 적합하다 판단을……."

"그러니까 그 적합하다 판단을 한 기준이 뭔데요? 다루기 쉬울 거 같아서? 하긴, 연세 지긋하고 경륜 높고 명성도 대단하신 분들이야 아무리 무림맹이라도 다루기가 그렇게 쉽지는 않겠죠. 이 바닥에서 잔뼈가 굵으신 분들이라면, 그런 만큼 그 입김도 상당할 테니까. 거기에 외단 단주까지 맡겨서 괜히 더 큰 힘을 실어주는 건 표마원 입장에서는 부담스럽기도 했겠네요."

그뿐만이 아니다.

표마원은 결코 환영받지 못하는 존재였다.

남의 밥그릇을 통째로 뺏으려고 하는데 그걸 누가 반기겠는가. 무림맹을 등에 업고 있어서 드러내 놓고 불만을 표시하지 못하고 있을 뿐이다.

표마원을 향하는 날 선 비난은 점점 더 거칠어지고 거세질 것이다. 그로 인해 급기야 무림맹까지 싸잡아서 욕을 먹게 될 수도 있었다.

자신은 그런 상황들을 대비한 완충제로써 선택한 것이 틀림없다.

앞으로 생계를 위협받는 자들의 그 원망과 비난의 화살을 무림맹에게까지 이르지 않도록 하는 화살받이로서 그만큼 적합한 사람도 없으니까.

어린 데다 기반도 약하다는 것.

딱 욕하고 원망하기 좋은 상대니까 말이다.

'어리고 순진하니 이용해 먹기도 좋다 싶었을 테고!'

그들의 뻔한 속내가 가소롭기 그지없다.

"아무튼 외단의 단주고 뭐고, 내 생각엔 변함없습니다. 그딴 거 안 합니다."

"다시 한 번 잘 생각해 보시지요. 이건 저희 스승께서 시주님을 각별히 생각하셔서……."

"안 한다고요. 안 해! 외단 단주가 아니라 표마원의 주인 자리를 준다고 해도 관심 없어요."

루하가 재차 거절을 하자 지금까지는 좋은 얼굴로 그를 대하던 두 승려가 처음으로 그 얼굴에 권위를 담고 노골적인 불쾌감을 띄운다.

"앞으로는 무림맹의 이름을 걸지 않고서는 표국을 운영하는 것이 불가능해진다는 걸 정녕 모르시는 것입니까?"

협박성 짙은 말에 루하가 콧방귀를 꼈다.

'흥! 이제야 본색을 드러내시는군.'

아마도 설란이 소림에서 보고 겪었을 얼굴이 바로 저 얼굴일 것이다.

그렇게 생각하자 루하의 입에선 보다 공격적인 말들이 거침없이 쏟아져 나왔다.

"거, 말 한번 잘했네요. 한 성에 표국이 적어도 수십 개는 있는데, 무림맹의 이름을 걸 수 있는 건 건 고작 두세 곳이라면서요? 그럼 나머지 표국은 죄다 굶어 죽어라 이겁니까? 수천수만의 표사들과 쟁자수들, 그리고 그들에게 딸린 식구들까지…… 그들 모두가 거리에 나앉아도 당신들은 전혀 상관없다 이겁니까? 그게 정말 무림맹의 뜻입니까? 명색이 불성이라고까지 불리는 광혜 대사께선 진정 그걸 알고도 표마원의 주인 자리에 앉아 계시는 겁니까?"

"이보시오. 정 시주! 말씀이 너무 지나치시오!"

"지나친 걸로 따지면 지금 당신네들이 하는 짓이 지나친 거죠! 자비를 근본으로 하는 부처님의 제자들께서 대체 지금 이게 뭐하는 짓거리냔 말입니다!"

"이……!"

루하의 도를 넘은 무례에 현정과 현학의 눈에는 살기마저 번득거렸다.

만일 지금 그들에게 모욕을 주고 있는 상대가 루하가 아니었다면 능히 살계라도 열었을 것 같은 표정들이다.

하지만 그들의 눈앞에 있는 자는, 비록 겉보기에는 아직 소년티도 벗지 못한 아이지만 잔혹도마를 죽이고 팔공산을 넘은 삼절표랑이었다.

그들의 스승과도 어깨를 견주는 당대의 기린아를 상대로 살수를 뻗을 만큼 그들은 그렇게 무모하지도 용감하지도 않았다.

"정 시주의 뜻, 잘 알겠습니다."

살심을 씹어 삼키고는 벌떡 자리에서 일어선다.

"시주님의 뜻대로 해 드리겠습니다. 단언컨대! 앞으로 시주님의 표국은 무림맹의 깃발을 달 수 없을 것입니다. 어떠한 경우라도 말입니다. 이건 어디까지나 시주님의 뜻인 만큼, 그리고 우리는 그 뜻을 그저 존중해 드리는 것뿐이기에 차후 불이익이 있다 하여 우리에게 괜한 원망은 돌리지 마시기 바랍니다!"

이젠 아주 대놓고 협박까지 한다.

물론 루하는 또 콧방귀를 꼈다.

"흥! 그러시든가요."

루하의 시큰둥한 대꾸에 두 승려의 눈에는 노기가 한층 더 강해졌다. 그러다 이내 신경질적으로 홱 몸을 돌린다.

터벅터벅 신경질적으로 걸음을 내디뎌 거칠게 방문을 열어젖히던 그들은 순간 움찔했다. 마치 시전처럼 무질서하게 모여 있는 이곳 쟁천표국의 사람들 중 유독 한 여인이 눈에 들어왔기 때문이었다.

"두 분 대사님들. 오랜만이네요."

그렇게 먼저 인사를 건네 오는 여인은 다름 아닌 설란이었다.

설란은 자신으로 인해 루하에게 괜한 부담을 줄까 싶어 일부러 그들과는 마주치지 않으려 자리를 피해 있었다.

의선가의 장녀가 이곳에 있을 거라고는 생각지도 못했었기에 두 승려가 잠시 놀란 얼굴을 한다. 그러다 의아히 물었다.

"예 시주께서 여긴 어쩐 일이시오?"

"여기 주인이 저와는 정혼을 약속한 사이거든요."

"예 시주와 정 시주가 말이오?"

"왜요? 이상한가요?"

이상한 건 아니다. 단지 조금 더 불쾌해졌을 뿐이다.

"정 시주가 어찌 그리 뻣뻣하신가 했더니 뒤에 의선가가 있었던 거군요. 현천상단, 제갈세가와 더불어 중원의 삼 대 금력으로 꼽히는 의선가를 처가로 뒀으니 표국이 어찌 되든 상관없을 만도 하겠지요."

비꼬듯 하는 말에 설란이 차갑게 대꾸했다.

"얄팍한 머리로 사람을 재단하는 건 삼 년 전이나 지금이나 달라진 것이 없네요."

"지금 뭐라 하셨소?"

순간 두 승려가 눈초리를 치켜올리며 사납게 설란을 노려본다.

하지만 설란은 눈썹 하나 까딱하지 않았다.

"잘 알지도 못하면서 함부로 사람을 판단하시니 하는 말씀이에요. 루하가 뻣뻣한 게 의선가 때문이라구요? 의선가의 금력을 뒷배로 뒀기 때문이라구요? 흥! 루하의 금력이 의선가보다 훨씬 위에 있는 건 알고서 하시는 말씀이세요? 두 분 대사님은 가늠도 할 수 없을 만큼, 마음만 먹으면 당장 이 자리에 수백만 냥의 황금을 쌓을 수도 있는 것이 루하가 가진 금력이라면, 두 분 대사님은 믿으시겠어요?"

"수백만 냥이라니 그 무슨……."

"삼 년 전이나 달라진 것이 없는 것은 오히려 예 시주인 것 같군요. 그때는 소림대환단이 의선가의 것이라며 당치도 않는 허언을 하시더니 지금은 또 정 시주를 두고 허언을 하시는군요."

현학의 꾸짖는 말투에 설란이 발끈했다.

"저는 허언을 한 적이 없어요! 지금은 물론이고 그때도!"

예전의 기억이 새삼 떠오르는지 설란의 표정과 목소리는 격앙되어 있었다.

"소림이 아무리 부정하고 발뺌해도 소림대환단은 분명 의선가에서 나온 것이니까요!"

"허허. 예 시주는 아직도 얼토당토않은 말을 하시는군요. 어리석은 미련인지 미망인지, 그도 아니면 그 고운 얼굴에 어울리지 않게 정말 허언증이라도 있으신 건지……허나, 여기까지만 하십시오. 이번만 참아드리겠습니다. 만일 다시 한 번 그런 당치도 않은 거짓말로 소림을 기만하려 든다면 그때는 소승도 더는 의선가의 체면을 봐 드리지 않을 것입니다!"

현학의 눈빛은 매서웠다.

살기와는 다른 위압감이 그녀를 옥죈다.

지난날 소림에서도 그랬다.

그들이 던지는 모멸의 말들이 치 떨리도록 분했지만 그럼에도 그가 뿜어내는 위압감에 아무 말도 하지 못했다.

지금도 마찬가지다.

심장이 죄어오도록 분했지만 소림과 불성 광혜, 그 높고 큰 이름 앞에 어찌할 수 없는 두려움이 들어찬다.

그 두려움이 서럽고 억울해서 왈칵 눈물마저 쏟아질 것 같았다.

그때였다.

"얘 말이 거짓말인지 아닌지는 두고 보면 알 일이겠죠."

방문이 열리고 성큼 문밖으로 발을 내디딘 루하가 그렇게 말하며 설란의 옆에 섰다.

"어차피 소림대환단, 아니, 영천단이 곧 완성이 되니까. 만일 완성된 영천단이 소림대환단과 같은 것이라면 그땐 소림도 인정해야 할 겁니다. 소림대환단이 사실은 소림의 보물이 아니라는 것을. 의선가에서 나온 의선가의 비전영약이라는 것을 말입니다. 하긴, 그때가 되면 소림이 인정하지 않더라도 세상 사람들이 먼저 인정을 하겠죠. 만드는 법도 모르는 소림과 그것을 완벽히 재현해 낸 의선가, 어느 쪽이 진정한 주인인지는 누가 봐도 뻔한 것이니까. 그리고 그땐 지금 얘한테 한 무례와 무고를 사과하셔야 할 것입니다. 그 반대라면 제가 직접 소림으로 찾아가 죄를 청하죠."

그것으로 소림 승려들과의 대화는 끝이었다.

쟁천표국을 떠나는 길에 두 승려가 설란에게와 같이 매서운 눈빛을 루하에게 던지기도 했지만 루하는 이제 콧방귀도 안 꼈다.

무림에서 굴러먹던 사람들에게야 소림과 불성 광혜의 이름이 더없이 크고 높은 것이겠지만 루하가 살아온 세계와는 너무 동떨어진 이름이었다. 그가 살아온 세계에서 가장 크고 높은 이름은 팔공산과 사왕, 녹림십팔채와 녹림칠패였다.

그중 팔공산을 넘었고 사왕을 꺾었다.

세상 무엇이 더 두려울까.

물론 태어날 때부터 무림에서 살아온 설란은 생각이 다를 수밖에 없었다.

"괜찮겠어?"

걱정 가득한 얼굴로 묻는다.

"무림맹에 들지 않는 거야 그렇다 쳐도 소림과 괜히 감정이 틀어져서 좋을 게 없을 텐데…… 아무래도 표국 일을 하다 보면 얼굴 맞댈 일도 있을 테고……."

이런 사태를 막기 위해서 일부러 자리를 피했던 것인데, 하필 나가는 길에 마주쳐서 일이 너무 커져 버렸다. 자신 때문에 벌어진 일이기에 걱정도 더 되고 미안하기도 한 설란이다.

"괜찮아. 소림이고 뭐고 간에 이 바닥에 뛰어든 이상 어차피 다 경쟁잔데 뭐. 경쟁 업체랑 좋은 감정 가지는 건 애초에 불가능한 거고. 그보다, 대체 수백만 냥의 황금은 뭐야? 내 금력이 의선가보다 훨씬 위라는 건 또 뭐고?"

"그야 뭐…… 그 인간들이 자꾸 널 무시하는 말을 하니까 나도 모르게 그만 욱해서……."

그때의 기분이 다시 떠오르는지 상큼 눈썹을 치켜올린다.

그 모습이 기특하기도 하고 귀엽기도 했다.

"그래도 뭐, 틀린 말은 아니잖아. 창고에 있는 것만 팔아도 수백만 냥은 거뜬할 거니까."

"그거 함부로 팔지 말라고 한 건 너거든?"

"그러는 너는?"

"내가 뭐?"

"영천단이 곧 만들어진다는 건 뭔데? 조화지기를 어떻게 담을지 아직 단서도 찾지 못했는데 무슨 수로 곧 만들어?"

"그거야 뭐…… 그 망할 땡중들이 널 거짓말이나 하는 허언증 환자로 몰아가니까 순간 열 받아서……."

“칫! 피장파장이네, 뭐.”

“부창부수지. 그래서 천생연분인 거고.”

루하가 설란을 보며 기분 좋게 히죽 웃자 조금 전 자신을 위해 나서주던 루하의 모습이 새삼 떠올라서 괜스레 심장이 두근대고 얼굴은 붉게 달아오른다.

그러면서도 걱정을 다 지우지는 못한다.

“정말 괜찮을까?”

하지만 루하는 시종일관 태평했다.

“괜찮아. 정 짜증 나게 굴면 까짓 표국 때려치우고 칼 장사나 하지, 뭐.”

第七章

설마 죽기야 하겠어? 하는 정도?

'이거 진짜 칼 장사나 해야 할 판인데?'

표국을 개업한 지 어언 한 달이 다 되어 가는 동안 어떻게 된 것이 표행 의뢰가 단 한 건도 없다.

상황이 어려울 줄은 알았지만 삼절표랑의 이름을 내걸었는데도 이렇게까지 파리가 날릴 줄은 생각 못 했다.

반대로 무림맹의 표마원은 두 승려가 다녀간 이후 일사천리로 그 진용을 갖추어 가고 있었다.

자신이 거절한 외단 단주 자리는 의외로 표국과는 관계가 없는, 육대가문의 하나인 의창목가의 가주 목인환이 맡았다. 중원의 표국 주인들 중에 유독 의창목가 출신 제자들이 많다는 게 그 이유라 했지만, 역시 명망 높은 표국주들에게 그런 중책을 맡기기에는 그들의 힘이 커지는 게 부담스러웠던 것이 목인환을 그 자리에 앉힌 가장 큰 이유였다.

그리고 표마원 소속으로 무림맹과 연대할 스물한 개의 성, 모두 일흔두 곳의 표국 선별작업도 끝이 났다.

발표된 일흔두 곳의 이름 중 절반 이상이 루하에겐 익숙한 것이었다. 그도 그럴 것이 제갈세가의 표행에 동참한 표국들 대부분이 그 명단에 이름이 올라 있었던 것이다.

'역시 도 국주의 삼원표국도 무림맹에 들어가기로 했나 보네.'

심지어 만수표국도 보였다.

산서에서 뽑힌 것은 그 두 개 표국이었다.

'하긴, 어쨌든 간에 제갈세가의 표행단에 선발이 된 곳이니 다른 표국들보다야 이름값이 있긴 하지.'

그렇게 생각하면 자신에게 오천 냥을 투자해 제갈세가의 표행단에 합류한 것은 만수표국의 국주 조철중으로서는 그야말로 신의 한 수였던 셈이다.

'그나저나…….'

다만 의외인 것은,

'왜 없지?'

이상하게도 그 명단에 안휘의 대륙표국과 호북의 천룡표

국이 보이지 않는다는 것이다.

천하제일을 다투던 이 바닥 최고의 명문표국이 이번 선별에서 빠졌다.

'당연히 표마원에서 그들을 제외시켰을 리는 없고…….'

그들 스스로 무림맹을 거부했다는 것인데…….

'대체 왜?'

하늘 같던 자존심에 무림맹의, 그것도 직속도 아닌 표마원 소속의 일개 분타로 들어가는 것이 못마땅했던 것일까?

하지만 이건 자존심 이전에 생존의 문제였다.

아무리 천하제일을 다투던 칠성표국이라고 해도 무림맹에 비하면 그저 한낱 표국일 뿐인데, 대체 무슨 생각으로 무림맹을 거부한 것일까?

그 이유는 의외로 금방 밝혀졌다.

신주표국연합

일명 신표련.

천룡표국과 대륙표국을 중심으로 중원 각지의, 무림맹에 선택받지 못한 표국들 중 제법 이름 꽤나 있는 군소표국들이 모여 연합을 형성한 것이다.

천룡표국과 대륙표국은 용의 꼬리가 될 바에야 뱀의 머

리가 되는 길을 택한 것이고 무림맹에 선택받지 못한 군소 표국들은 그저 살기 위해 힘을 모은 셈인데, 그렇다곤 해도 그 면면들을 보면 결코 무시할 수 있는 세력은 아니었다.

무엇보다 그들이 이 바닥에서 쌓아 온 경험과 인맥, 그리고 닦아 놓은 길은 무림맹이 들어왔다고 해서 사라지는 것이 아닌 것이다.

"상황이 꽤나 흥미진진하게 돌아가긴 돌아가는데…… 근데 이것들, 이런 큰일을 벌이면서 왜 나한텐 아무 말도 없는 거야?"

하물며 천하의 무림맹도 외단 단주라는 감투를 들고 자신을 찾아왔는데, 무림맹에 비하면 이름도 실력도 부족해 삼절표랑의 이름이 더없이 절실할 텐데도 왜 신표련에선 자신을 끌어들이려 하지 않는 것일까?

그 문제는 설란이 간단히 풀었다.

"그야 당연히 그들의 이름보다 네 이름이 더 크니까. 차라리 뱀의 머리가 되겠다며 무림맹에 등을 돌리기까지 한 그들인데 정작 그 머리가 그들의 것이 아니게 될 수도 있는 상황을 만들고 싶진 않은 거겠지."

"그러니까 같이 일하기에는 내 존재가 너무 부담스럽다? 지들 자리 뺏길까 봐?"

"그런 거지."

"거참. 잘난 놈은 재수 없게 굴어서 난리고 못난 놈은 한심하게 굴어서 난리고. 아주 가지가지들 하시는구만."

어차피 신표련에서 섭외 요청이 들어왔다고 해도 거기에 낄 생각은 추호도 없다.

'고생만 죽어라 하지 손에 남는 것도 별로 없을 텐데 뭐.'

경험이 많고 인맥이 넓고 닦아 놓은 길이 탄탄하다고 해도, 무림맹 천하에서 신표련의 앞날이란 건 아무리 좋게 봐줘도 그렇게 밝지는 못하니까 말이다.

'거기다 지금 보니 내부 알력까지 신경 써야 할 판이고.'

새삼 심각하게 칼 장사에 대해서 긍정적으로 숙고해 보게 된다.

그 무렵이었다.

소식 하나가 들려왔다.

필요한 모든 정리를 끝낸 표마원이 드디어 기념비적인 첫 표행을 시작한다는 것이었다.

대외적으로 표마원의 존재를 알리기 위한 홍보성 표행인 만큼 그 규모는 물론이고 거리도 엄청났다.

무림맹 총단이 있는 개봉에서부터 시작해 아래로 호북, 이어서 장강을 넘어 강서, 강서를 지나 광동에 이르기까지, 거의 중원 대륙을 종단하는 여정이었다. 심지어 이어받기식의 계행이 아니라 시작부터 끝까지 선별된 표사들로만 진행한다는 것이었다.

무림맹의 첫 표행에 여러 시선들이 얽혔다.

좀처럼 보기 드문 대규모 표행을 마치 축제처럼 신나하며 환호하는 사람들도 있었고 변화된 세상을 향한 역사적인 첫걸음에 기대와 염려를 보내는 사람들도 있었으며, 자신들이 누려야 할 것들을 빼앗긴 신표련의 사람들은 한잔 술의 안줏거리로 악다구니를 쓰며 저주를 퍼붓기도 했다.

물론 루하도 그다지 좋은 시선을 보내지는 않았다.

"흥! 녹림십팔채한테 걸려서 아랫도리 속곳까지 죄다 털려 버리라지!"

*　　*　　*

수레 이백사십 대에 각지에서 선발된 표사 오백, 쟁자수 일천이백이 붙었다. 거기에 구대문파에서 차출된 예순두 명이 표두의 자리를 채웠고 소림의 장로이자 표마원의 부원주인 광법이 표행단의 수장으로 총책임자의 책무를 맡았다.

그렇게 총인원 무려 일천칠백육십삼 명이 무림맹 앞에 도열했다.

구대문파의 제자들이야 말할 것도 없고, 선발된 오백 명의 표사들도 당당하고 자신감이 넘친다.

무림인과 상인의 경계에서 어디에도 속하지 못했던 그들이다. 어찌할 수 없는 열등감을 늘 안고 살아왔던 표사들이다. 그런 그들에게 무림맹 깃발 아래 서 있는 이 순간은 다른 걸 다 떠나서 그저 자랑스럽고 감격스러울 수밖에 없다. 수많은 구경 인파의 열기 가득한 시선도 우쭐하고 뿌듯하다.

그 속에서 드디어 광법이 출발을 알렸다.

"그럼 표마원의 첫 번째 표행을 시작하겠소이다. 제일 표마대, 출(出)!"

광법의 외침에 표사 일백 명으로 구성된 제일 진이 걸음을 내디뎠고 제이 표마대, 제삼 표마대가 그 뒤를 따랐다.

그야말로 장관인 행렬이었다.

따지고 보면 그저 표물을 운송하는 표행단일 뿐인데도 그 앞에 내걸린 무림맹이라는 이름은 거리마다 대로변을 구경꾼들로 가득 채우게 했고, 구경꾼들은 표행단이 지날 때마다 환호성을 질러 댔다.

그 모습은 흡사 전쟁터로 향하는 군대를 연상케 할 정도였다.

그렇게 시작된 표행단의 대륙 종단은 개봉에서 정주로, 정주에서 낙양으로, 낙양에서 방향을 꺾어 남양까지 막힘없이 이어졌다.

제갈세가의 표행에서는 마치 벌떼처럼 달려들던 녹림의 도적들이 무림맹의 표행에는 코빼기 하나 보이지 않는다.

통행세를 내지도 않았는데.

심지어 최단 경로로 진행하느라 벌써 세 개의 산을 넘었는데도 말이다.

"도적놈들도 무림맹은 무서운 게지."

"그렇잖아도 도적놈들한테 상납금이나 바치는 표국들 하는 짓거리 진짜 꼴 보기 싫었었는데 잘됐지 잘됐어. 그러게 진즉에 구대문파가 나섰어야 한다니까."

표행단의 거침없는 행보에 그렇게 세상은 박수를 보냈다.

하지만 아는 사람은 다 알고 있었다.

녹림이 가만히 지켜만 보고 있는 것은 단지 무림맹이 무서워서만은 아니라는 것을.

어차피 무림맹이 직접 나서서 표행을 하는 것은 이번이 처음이자 마지막이었다. 다음부터는 각 성마다 선별된 표국이 모든 표행 업무를 맡아서 하게 된다. 무림맹은 그저 이름을 빌려주고 세금만 받는 형식이었다.

심지어 각 표국에 떨어진 표마원의 공문에는 이렇게 적혀 있기까지 했다.

표마원은 각 표국의 독립성을 인정하고 일구어 온 전통과 방식을 존중하는 바, 각 표국의 업무에 관해 어떠한 관여나 참견도 하지 않을 것이다.

독립성이니 전통이니, 말은 그럴듯했지만 자세히 들여다보면 세금은 세금대로 받고 책임은 책임대로 지지 않겠다는 얄팍한 꼼수에 지나지 않았다. 그리고 그건 지금까지 표국과 녹림도 간에 있어 왔던 은밀한 거래를 묵인하겠다는 뜻이기도 했다.

녹림도가 강성하기에 지금의 호황이 있는 만큼, 굳이 녹림도를 억제하고 강제할 필요가 없다는 것이 무림맹의 생각인 것이다.

어쨌든 그 덕분에 녹림도로서는 한숨 놓은 형국이었다.

무림맹이 녹림도의 질서를 바로잡고 정의를 구현하겠다며 표마원 창설의 이유를 들었을 때는 무림맹과 생존을 걸고 전쟁이라도 치러야 하는 것은 아닌지 바짝 긴장했던 그들이다.

그런데 무림맹의 그 얄팍한 꼼수와 언행불일치 덕에 지금까지 해 오던 대로 편하게 밥 벌어먹을 수 있게 되었다. 모든 상황이 좋게 좋게 흘러가고 있는데 굳이 나서서 무림맹이라는 벌집을 들쑤셔 놓을 필요가 뭐가 있겠는가.

그렇게 녹림도가 아주 관대한 마음으로 지켜보고 있는 덕에 개봉에서 남양까지 거침없이 돌파한 표행단은 이윽고 호북성에 들어서 융중산을 앞에 뒀다.

융중산(隆中山).

제갈공명이 은거했고 삼고초려의 고사가 만들어진 곳.

그런데 융중산을 앞에 두고 표사들이 긴장한 기색을 역력히 드러냈다.

분위기가 지금까지와는 달라진 듯 보이자 표행단을 책임지고 있는 광법이 딱 보기에도 경험이 많고 노회한 중년의 표사에게 의아히 물었다.

"왜 그러시는가?"

중년의 표사가 진중한 목소리로 대답했다.

"형문산이나 팔공산에 비할 정도는 아니지만 융중산은 여타 산들에 비해 녹림도의 세가 강성한 곳입니다. 특히 패주인 귀룡채는 그 수가 삼백이 넘고 하나같이 호전적이고 잔악하기로 유명합니다."

"허허. 걱정 마시게나. 아무리 호전적이고 잔악하다고 해도 무림맹을 상대로 이빨을 드러내지는 못할 터이니. 설혹 이빨을 드러낸다고 해도 무슨 문제가 되겠는가? 여기에 일류 표사 오백에 구대문파의 정예들까지 같이 있는데. 나 역시 무도한 자들에게 크게 살계를 열 각오가 되어 있고."

광법의 말대로였다.

지금 여기에 있는 전력만으로도 융중산의 도적들 정도는 충분히 막아 낼 수 있다. 더구나 소림의 장로 광법까지 같이 있다. 팔공산이나 형문산이라면 또 모를까, 융중산의 도적들 정도를 두려워할 이유가 없었다.

광법의 호언에 표사들의 얼굴에서 긴장이 사라졌다.

하지만 정작 광법으로부터 그 말을 직접 들은 중년 표사의 얼굴에는 여전히 불안이 서려 있었다.

단지 융중산의 도적들에 대한 경계 때문만은 아니었다.

마주한 짙은 녹음들 사이로 느껴지는 왠지 모를 귀기 때문이었다. 오랜 세월 거친 표국 밥을 먹으며 닦인 본능이 시끄럽게 경적음을 내며 위험을 알린다.

그러나 그에겐 표행단의 길을 돌릴 힘도 명분도 논리도 없다.

그저 이 불길하고 음산한 예감이 빗나가기만을 바랄 뿐.

하지만 대개 경험을 바탕으로 한 불길한 예감이란 언제나 잘 들어맞기 마련이다.

이번에도 그랬다.

"저게 무언가?"

표행단이 융중산 중턱을 넘을 무렵, 선두에서 표행단을

이끌던 광법이 무언가를 발견하고는 흠칫한 표정을 지었다.

멀리서 보아도 한눈에 알 수 있는 그것은, 피로 범벅이 된 시체였다.

광법의 놀람에 표사 하나가 급히 시체로 다가가 살핀 후, 광법에게 보고했다.

"녹림도의 것으로 보이는 시체입니다."

"녹림도의 시체? 허면 우리보다 먼저 이곳을 지난 자가 있다는 말인가?"

"그런 것 같습니다."

"표행단인가?"

"거기까지는 아직 잘……."

시체는 한 구가 아니었다.

얼마 더 걷자 다시 한 구가, 또 얼마를 더 걷자 이번엔 세 구의 시체가 있었다. 그리고 그것은 전부 녹림도의 것이었다.

"아무래도 큰 싸움이 벌어진 것 같은데……."

더구나 마지막으로 발견된 시체의 피는 아직도 따끈따끈했다.

모두가 마른침을 삼켰다.

시체가 도적들의 것이라고 해도 이 앞의 상황이 어떠한

지도 모를뿐더러, 도적들을 살해한 자들이 아군이라고 장담할 수도 없는 일이었다.

그렇게 모두가 혹시 모를 상황을 대비하며 걸음을 내디뎠다.

걸음을 내디딜 때마다 시체는 늘어났다. 늘어나는 시체 또한 도적들의 것이었고, 그리해 마침내 그 길의 끝에 한 사내가 서 있었다.

흥건하게 땅을 적신 피와 그 위를 가득 덮고 있는 시체들의 한가운데에 홀로 우뚝 서서 핏물 뚝뚝 떨어지는 검을 들고서.

그 음산함이라니.

그 섬뜩함이라니.

끼이이익—

고개가 기계처럼 돌려지고 사내의 눈이 광법을 본다.

순간 광법은 '음…….' 숨을 집어삼켰다.

그를 향하는 눈에 눈동자가 없다.

흑백이 아닌, 온통 회색빛으로 덮여 있다.

아군이 아니다.

아니, 사람이 아니다.

그건 도저히 살아 있는 자의 것이 아니었다.

"크르르르르……."

입에서 흘러나오는 소리도 사람의 것이 아니다.

"네 이놈! 네놈은 마물이로구나!"

광법의 일갈이 터진 바로 그 순간,

"크아아아앙!"

마물이 사나운 포효를 내지르며 광법을 향해 달려들었다.

빨랐다.

꽤나 거리가 있었는데도 단숨에 공간을 격하며 광법의 지척까지 이르렀고, 내뻗는 검은 대기를 부수며 광법을 덮쳤다.

그러나 이미 대비하고 있던 광법이다.

"감히 마물 따위가 사람을 해하려 하다니! 내 불법(佛法)으로 엄히 다스릴 것이다!"

그렇게 일갈하며 손에 든 커다란 선장(禪杖)으로 마물의 검을 막았다.

까앙—!

무거운 선장에서 터져 나오는 묵직한 기운을 이기지 못하고 마물이 튕겨 나갔다.

광법이라고 멀쩡하지는 못했다. 허리를 한 번 크게 휘청하며 세 걸음을 뒤로 물러서야 겨우 신형을 바로잡는다.

모두가 경악했다.

광법이 누군가.

내공의 정순함으로 따지면 불성 광혜보다도 깊고 크다 알려진 내가공부의 일인자였다. 그런 광법을 무려 세 걸음이나 물리게 하다니?

대체 누구란 말인가?

정말로 마물이기라도 한 것인가?

하지만 지금 이 순간 누구보다도 충격을 받은 것은 광법 본인이었다.

아직도 선장을 쥔 손이 얼얼했다. 마물의 검과 선장이 맞닿는 순간 밀려들던 거력은 소림 내가공부의 일인자라는 그조차 가슴이 서늘해 올 지경이었다.

그보다 더 심중을 어지럽히는 것은, 어쨌거나 분명 힘에서 우위를 점한 것은 자신인데도 마치 물먹은 솜을 때린 것처럼 선장 끝에서 느껴지는 공허함이다.

왠지 전혀 타격을 주지 못했다는 느낌이다.

그걸 증명이라도 하듯,

"크아아아앙!"

마치 아무 일도 없었다는 듯 마물이 더 큰 포효를 내지르며 달려들고 있었다.

잡념은 지웠다.

마물에 집중했다.

방심하다가는 자칫 낭패를 볼 수도 있다는 경각심.

"갈(喝)!"

일갈 외침과 함께,

쿠웅!

선장이 바닥을 찧자,

콰콰콰콰콰콰콰콰콰—

마치 지진이 일듯 땅이 갈라지며 터져 나가는 수백 수천 개 땅의 파편들이 화살이 되어 마물을 덮쳤다.

그런데,

까까까까까까까깡—

그것은 살가죽을 꿰뚫는 소리가 아니었다.

강기를 한껏 머금은 파편들이 마물의 몸에 닿자 마치 쇠에 부딪히기라도 한 것처럼 시끄러운 소리를 내며 튕겨 나간다.

아무런 타격도 없다.

심지어 달려드는 속도조차 늦추지 못했다.

아예 강기의 파편 같은 건 도외시한 채 동귀어진이라도 할 태세로 달려든다.

등허리를 타고 흐르는 오싹함에 이를 악물었다.

기세에서 밀리면 끝장이다.

땅을 박찼다.

그리고 이어진 것은 광법의 성명절기인 금강항마선장(金剛降魔禪杖)이다.

“염라신추(閻羅迅追)!”

광법의 선장이 마치 태산처럼 무거우면서도 섬전처럼 빠르게 마물의 머리를 찍어 내렸다.

강기의 파편은 무시할 수 있었지만 광법의 모든 내력이 담긴 선장만큼은 무시해 버릴 수 없겠는지,

“크아앙!”

마물이 괴성을 지르며 검을 휘둘렀다.

이어진 선장과 검의 두 번째 충돌.

하지만 처음과는 달랐다.

마물의 검이 푸르스름한 귀기를 머금는다 싶은 순간,

서걱—

이어진 것은 귀를 찢는 듯한 충돌음이 아니라 뭔가가 잘리는 소리였다.

그리고 그 잘린 뭔가는 황당하게도 광법의 선장이었다.

‘뭐?’

상상도 할 수 없는 광경에 광법의 놀란 눈이 휘둥그레 떠졌다.

짧은 찰나의 순간에 오만가지 생각이 머릿속에서 휘몰아친다. 그러나 그는 어떠한 결론도 도출해 내지 못했다. 그

찰나의 순간에 선장을 잘라 버린 푸르스름한 귀기가 그대로 광법의 목까지 잘라 버린 것이었다.

"끄르르르."

애처로운 단말마가 채 입 밖으로 나오기도 전에 잘린 목구멍 속에서 울리고, 광법의 신형이 꺾였다.

그렇게 죽었다.

너무도 무기력하게.

내력으로는 정도십이천과도 어깨를 견준다는 소림의 광법이.

이를 지켜보던 표행단의 충격과 경악이야 말해 무엇하겠는가.

그렇게 충격과 경악으로 물든 표행단을 향해 마물의 회색 동공이 옮겨졌다.

어찌할 수 없는 공포가 삽시간에 표행단 전체에 번지고, 발악하듯 누군가가 마물을 향해 뛰어들었다.

"죽어! 이 마물 자식아!"

그것이 시작이었다.

"죽여랏!"

"저 마물을 죽엿!"

누가 먼저랄 것도 없이 표행단 전체가 일제히 마물을 향해 성난 파도처럼 달려들었다.

* * *

무림에 실로 믿기지 않는 충격적인 소식이 전해졌다.

거침없이 대륙을 종단하던 무림맹의 표행단이 호북의 융중산에서 몰살을 당했다는 소식이었다. 쟁자수를 제외하고 오백의 표사와 예순두 명의 구대문파 제자들, 그리고 소림의 광법까지 단 한 명도 살아남지 못했다는 것이었다.

그런 와중에도 기이한 일은 어떤 이유에서인지 쟁자수들만은 대부분이 목숨을 잃지 않았다는 것이다.

그렇게 살아남은 쟁자수들의 입을 통해서 나온 흉수의 정체는 마물이라고 했다.

사람의 형상을 하고 있었지만 도저히 사람이라고는 할 수 없는, 지옥의 악귀 같은 모습이었다는 것이 쟁자수들의 증언이었다.

동료와 제자, 사형제들을 잃은 무림맹은 분노했다.

그 길로 토벌대를 꾸려 융중산으로 달려갔다.

그러나 결과는 참담했다.

구대문파의 장로급 인사가 무려 여섯이나 포함된 무림맹 토벌대가 도리어 전멸을 당하다시피 하고 돌아온 것이었다.

세상이 발칵 뒤집어진 것은 말할 것도 없다.

그 대단하던 위세의 무림맹조차 이 믿지 못할 상황에 우왕좌왕하며 어찌해야 할지 갈피를 잡지 못할 정도였다.

그 무렵이었다.

융중산의 마물과 흡사한 것들이 중원 도처에서 출몰하기 시작한 것은.

마주치는 자들은 녹림도와 표행단을 가리지 않고, 무림인이라면 무차별로 살육을 자행하고 있다는 것이었다.

융중산의 마물 하나도 어찌하지 못한 무림맹으로서는 도무지 손쓸 수 있는 지경이 아니었다. 관에서는 어디까지나 무림의 일이라며 발뺌하고 나 몰라라 하기 급했다. 실제로 마물의 살육 대상은 무인이거나 먼저 살의를 보이는 경우에 한정되어 있어서 신기하리만치 민간의 피해는 거의 전무한 실정이었다.

그로 인해 무림은 삽시간에 공포에 휩싸였다.

심지어 당장 밥벌이가 달린 표국들조차 표행을 꺼릴 정도로 갑작스러운 마물의 출현은 세상을 흉흉하게 만들었다.

대체 마물의 정체는 뭐란 말인가?

어디에서 온 것이며 무슨 이유로 무림인들을 죽이는 것일까?

누군가의 말대로 정말 지옥의 문이라도 열린 것이란 말인가?

수많은 억측이 난무했다.

하지만 어느 하나 명확한 것은 없는 그때, 작은 소문 하나가 일어나 점점 크게 번져 가기 시작했다.

마물의 정체가 사실은 '강시'라는 것.

도검이 통하지 않는 신체.

인간을 초월한 무력.

그리고 이지를 상실한 채 영(靈)과 혼(魂)이 사라지고 오직 백(魄)만이 남아 본능대로 살육을 자행하는 것까지.

그 모든 것이 이야기로만 전해지는 강시의 그것과 상당히 흡사하다는 것이었다.

"지금 출몰하고 있는 마물들이 진짜 강시라면 말이야. 이거…… 그거 같지 않아? 우리가 운반했던……."

루하의 말에 설란이 고개를 끄덕였다.

"아마도 틀림없을 거야."

어차피 그것 외에는 현재의 상황들을 설명할 방법이 없다.

"대체 누가 깨운 건데? 그거 깨우는 거 무지 어렵다고 하지 않았어? 그래서 제갈세가에서 널 부른 거고."

"어쩌면…… 전에 네가 말한 대로 강시 스스로 깨어난 걸지도……."

"근데 천문인가 뭔가가 닫혀 있어서 강시 스스로 깨어나는 건 불가능한 일이라며?"

"이미 가능하고 말고의 문제가 아냐. 혈마동에서부터 남궁세가까지 가는 동안 누군가가 개입했다는 건 말이 안 돼. 물샐틈없는 보안으로 철저히 외부와의 접촉을 차단했으니까. 제갈세가도 그렇지만 남궁세가도 그 위험한 것을 허술히 다뤘을 리도 없고. 깨어날 때가 되어 깨어난 건지, 아니면 어떤 다른 계기가 있었던 건지는 모르겠지만 마물이 그때 그 강시들이 맞다면 스스로 깨어났다고밖에는 생각할 수 없어."

"그럼 역시 남궁세가의 혈겁도 강시의 짓이었던 거네?"

"그래. 네 짐작이 맞았던 거야."

그리고 그녀가 우려했던 사태가 현실이 된 것이기도 하고.

일백이나 되는 희대의 살인귀들이 결국 세상에 나오고 만 것이다.

"음…… 이거 꽤 위험해진 거 아냐? 그게 정말 강시들의 소행이 맞다면, 그래서 그 사실이 세상에 알려진다면 제갈세가는 끝장이잖아? 남궁세가의 혈겁도 그렇고 지금 이 사태도 그렇고, 따지고 보면 모든 게 제갈세가에서 비롯된 거니까. 그럼 의선가도 책임에서 완전히 자유롭진 못할 텐데……."

“그게 세상에 알려질 일은 없을 거야. 새어 나갈 입도, 증거도 이미 제갈세가에서 다 막았을 테니까.”

“의선가마저 새어 나갈 입으로 생각하고 있을 수도 있잖아?”

“그러기엔 막을 입이 너무 많아. 제갈세가의 힘으로 의선가의 입을 다 막는다는 것도 불가능할뿐더러 의선가의 뒤에는 단씨세가가 있으니까. 가주 제갈문이라면 괜히 긁어 부스럼을 만들 바에야 비밀을 공유하는 공범으로 두는 게 낫다 판단할 거야. 네 말대로 우리 의선가 역시 책임에서 자유롭지 못하니까.”

“뭐, 그럼 다행이지만…… 아무튼 강시라는 거, 진짜 무시무시하네. 남궁세가는 그렇다고 쳐도 융중산에 나타난 놈은 딸랑 한 구라던데 무림맹 수백 정예가 고작 강시 한 구를 당해 내지 못할 정도라니…… 그런 괴물이 백일곱 구나 더 있고. 강시라는 게 원래 이렇게 강한 거였어? 아니면 환혼혈강시라서 그런 건가?”

“환혼혈강시라고 해도 그 정도로 강하다는 건 분명 비정상적이야. 융중산에 나타난 강시도 그렇고 환락불과 광명채를 몰살시킨 강시도 그렇고, 강함만 놓고 보자면 이미 환혼혈강시의 범주를 넘어섰어. 어쩌면 백여덟 구 모두가 그럴지도 몰라.”

"그치만 환혼혈강시보다 더 강한 강시는 없다며?"

"궁색하긴 하지만 그래도 억지로 끼워 맞추자면 생각할 수 있는 게 하나는 있어."

"그게 뭔데?"

"재료의 차이."

"……?"

"같은 환혼혈강시라도 어떤 재료를 썼느냐에 따라서 강함의 정도가 다를 수 있다는 거지. 너도 들어서 알겠지만 지금 세상에 나온 강시들은 무공이 다 제각각이야. 도를 쓰는 강시도 있고 검을 쓰는 강시도 있어. 그건 환혼혈강시가 생전의 무공을 그대로 사용하기 때문이야. 그게 환혼혈강시만의 특징이자 강시 중에 환혼혈강시를 최강으로 꼽는 또 하나의 이유이기도 하고."

"그러니까 지금 설쳐 대고 있는 강시들이 강시가 되기 전에도 이미 엄청난 고수였다?"

"전에 네가 본 그 여자 강시 말이야. 소수혈마공을 극성으로 익혔던. 지금 벌어지고 있는 사태를 보면 어쩌면 백여덟 구의 강시가 다 생전에 그 정도의 수준에 올랐던 고수였을지도 몰라. 그런 고수들이 환혼혈강시가 되었다면, 그래서 몇 배나 더 강해졌다면 지금의 사태가 어느 정도까지는 납득이 되긴 하니까."

"그게 말이 돼? 혈교가 무슨 재주로 그렇게 강한 고수들을 백 명 넘게 잡아다가 강시로 만들어? 고작 피에 미친 사이비 종교집단이잖아?"

"세상에 알려진 것은 그렇지."

"세상에 알려지지 않은 게 뭐 더 있다는 거야?"

"나도 외할아버지께 들은 거긴 한데, 혹시 천외천이라고 들어봤어?"

"천외천?"

들어봤다. 존재하지만 또한 존재하지 않는, 소문만 무성할 뿐 무림에는 단 한 번도 제대로 모습을 보인 적이 없는, 그럼에도 언젠가부터 사람들의 입에 최강의 무벌로 불리고 있는 환상 속의 신비 문파.

"천외천이 왜?"

"혈교가 사실은 천외천의 또 다른 이름일지도 모른다는 말이 있어."

"뭐?"

"어디까지나 극히 일부에서만 떠도는, 확인도 증명도 되지 않은 소문이야. 하지만 만일 그게 사실이라면, 혈교가 정말 최강의 무벌이라는 천외천의 다른 얼굴이라면 일백 고수들을 잡아서 강시를 만들 재주 정도는 있는 거지."

"……."

루하는 이어지는 충격적인 말에 머리가 다 핑핑 돌 지경이다.

머릿속에서 온갖 묻고 싶은 것들이 난무했다.

하지만 그 전에 설란이 미리 못을 박았다.

"말했다시피 아무것도 확인된 것이 없는 소문일 뿐이야. 재료의 차이란 것도 말했다시피 억지로 끼워 맞추자면 그렇다는 거고. 난 어디까지나 그럴 가능성도 있다는 걸 얘기하고 있는 것뿐이야. 설혹 그게 사실이라고 해도 내가 아는 건 여기까지가 전부고."

그러니 지금 당장은 루하의 의문들에 대해 알맞은 답을 내놓을 확신도 근거도 없다.

설란이 말문을 돌렸다.

"그보다…… 대책은 있어?"

"대책?"

"무림맹에다 강시까지, 지금 상태로는 표국을 계속 유지하는 건 무리잖아?"

"어차피 마찬가진데, 뭐. 무림맹 때문에 지금껏 의뢰가 단 한 건도 안 들어왔는데 강시가 나타났다고 새삼 달라질 게 뭐 있겠어? 오히려 강시가 무림맹 그 잘난 것들의 콧대를 팍 눌러 준 게 기분만 좋구만. 지금 완전 꼬랑지 만 누렁이 꼴이잖아? 덕분에 아주 십 년 묵은 체증이 뻥 뚫리는 것 같았다니까. 크크크크."

"그렇게 신날 일 아니거든? 수백의 목숨이 죽었거든?"

"그래 봤자 나랑 상관없는 사람들인데 뭐. 아무튼 처음 계획대로 운영비가 다 떨어질 때까진 버텨 볼 거야. 강시 때문에라도 뭔가 변화가 생기겠지. 그게 과연 나한테 좋은 변화일지 나쁜 변화일지는 두고 봐야 알 일이지만…… 나쁜 변화라면 그땐 칼 장사나 하는 거고. 그래서 말인데, 생각해 보니까 이건 어쩌면 기회일지도 모르겠더라고."

루하가 의미심장하게 운을 뗐다.

설란이 고개를 갸웃했다.

"기회라니?"

"일반적인 도검으로는 강시의 몸에 상처 하나 내지 못한다고 하잖아. 구대문파의 장로급 고수가 여섯 명이나 포함된 무림맹의 토벌대가 강시를 상대하는 데 어려움을 겪은 것도 그게 가장 큰 이유라고도 하고."

"그래서?"

"금강한철이면 어떨까?"

"……."

"조화지기로 만들어진 세상에서 가장 완벽한 금속이니까, 혹시 금강한철로 만들어진 무기면 강시의 살가죽도 벨 수 있지 않을까?"

루하의 눈이 기대로 반짝인다.

"어때? 가능할 것 같아?"

생각해 본 적 없다.

하지만 대답에는 많은 고민이 필요하지 않았다.

"가능……할 수도 있어."

가능할 수도 있다.

병장기는 흔히 두 가지로 나뉜다.

예병(銳兵)이라 해서 날의 날카로움으로 베는 병기와 병기 자체에 스며있는 기운으로 베는 기병(氣兵).

날의 날카로움으로는 고수들 간의 싸움에서 승패에 어떠한 영향도 미치지 못한다. 그래서 흔히 명검보도라 불리며 무림인들의 사랑을 받는 것은 그 자체의 기운만으로 금석을 베고 강기를 부수는 기병이다.

그런 면에서 조화지기를 담은 금강한철은, 그리고 금강한철로 만들어진 무기는 그 짝을 찾을 수 없을 만큼 뛰어난 최고의 기병이었다. 금석은 물론이거니와 어쩌면 금강불괴에 이른 강시의 신체도 벨 수 있을지 모른다.

"근데 왜? 벨 수 있으면 강시를 때려잡고 도탄에 빠진 세상을 구하기라도 하게?"

"내가? 뭐하러? 그럴 리가 없잖아? 표행 의뢰도 하나 안 들어오는데 강시가 나랑 무슨 상관이라고."

그래. 그럴 리가 없다.

이 인간이 그런 정의감 넘치는 생각을 했을 리가 없다.

"그럼 그걸로 뭐하게?"

"지금 가장 강시를 때려잡고 싶어 하는 자들이 누구겠어?"

"그야 무림맹이겠지."

"그렇지. 마치 지들이 세상의 정의인 양 거창하게 무림맹까지 만들어 놨는데 이번에 그렇게 개쪽을 당했으니 아주 창피해서 얼굴도 못 들고 다닐 지경일걸? 구대문파에 대한 신망도 완전히 바닥을 쳤고."

세상이 이 난리통인데 정과 협을 대표한다는 무림맹은 대체 뭘 하고 있냐며, 무림맹의 무능과 무책임에 지금도 원색적인 비난과 원망이 쏟아지고 있었다. 그런데도 명예 회복은커녕 꿀 먹은 벙어리 신세가 되어 있는 것은 역시 강시를 제압할 만한 마땅한 해결책을 찾지 못하고 있기 때문이었다.

"근데 만일 금강한철로 된 무기가 강시를 벨 수 있다면? 그리고 그게 강시를 잡을 수 있는 유일한 무기이자 방법이라면? 아주 돈을 바리바리 싸들고 달려오지 않겠어? 그럼 그때 완전 바가지를 씌워서 파는 거지. 큭큭큭큭."

"그러니까 무림맹 때문에 표국 말아먹게 생겼으니 무림

맹 주머니에서 그렇게라도 손해 본 걸 채우겠다?"

"물론 니 말대로 경쟁자들의 손에 좋은 무기가 넘어가는 건 좀 찜찜하긴 해. 하지만 강시의 수는 한정되어 있고, 게다가 굳이 금강한철이 아니더라도 언젠가는 어떻게든 강시야 소탕이 되지 않겠어? 결국 이것도 한철 장사라는 건데, 그냥 놓쳐 버리긴 너무 아깝잖아. 아끼다가 똥 되면 어떡해?"

"그래 봤자 어디까지나 가능성일 뿐이지, 금강한철이 강시에게 통할지 어떨지도 모르는데, 뭐."

"그렇지. 강시한테 안 통하면 말짱 황이지. 그래서 한번 시험을 해 봤으면 싶은데 말이야. 거참, 이럴 때 표행 의뢰라도 딱 들어오면 오죽 좋아?"

"의뢰가 들어오면 받게?"

"받아야지."

"세상이 이 난리통인데?"

"그래도 이왕 문을 열었는데 첫 개시는 해 봐야 할 거 아냐. 표행을 한다고 매번 강시를 만나게 되는 것도 아니고."

사실 표행단이 강시를 만나는 경우는 드물었다. 다만 만났을 때의 결과가 너무나 참혹해서 세상이 공포에 떨고 있는 것뿐이다.

"그러다 운 나쁘게 강시를 만나면?"

지금까지 알려지기로 강시의 출몰 형식은 일정하지 않았다.

융중산의 강시처럼 마치 자기 영역을 과시하듯 일정 반경 안에서만 머물러 있는 경우가 있고, 이 산에도 나타났다가 저 산에도 나타났다가 심지어 한낮 대로변에도 버젓이 모습을 보이기도 하는 등, 한곳에 정착하지 않고 여기저기 떠도는 경우도 있었다.

즉, 루하의 말대로 매번 강시를 만나게 되는 건 아니지만 또한 설란의 말대로 운이 나쁘면 언제든 만날 수 있는 것이 강시였다.

"그땐 뭐 그 참에 금강한철의 성능을 한번 시험해 보는 거고."

"뭐가 그렇게 태평해? 넌 강시가 안 무섭니?"

"무섭지! 무림맹 고수들이 떼로 덤볐다가 개박살까지 났는데 안 무서울 리가 없잖아. 근데…… 이게 참 이상한 게…… 무섭긴 무서운데 막 몸서리 쳐질 정도로 무섭지는 않다는 거지."

"그게 무슨 말이야?"

"그러니까, 어떻게든 되겠지? 싶은 정도? 설마 죽기야 하겠어? 하는 정도? 누구 몸이 더 단단한지 쬐끔 궁금하기도 한 정도?"

"역시 너 변했어. 전에는 위험한 일은 근처에도 안 가려고 했던 애가 잔혹도마와 싸운 이후로 모든 일에 지나치게 호전적이고 모험적이야."

"사내답고 멋있어졌다는 거지?"

"좀 재수 없어지기도 했고."

"원래 사람이 너무 잘나면 가끔 재수 없어 보이기도 하지."

"뭐가 이렇게 긍정적이니? 너 원래 매사 부정적인 애였거든? 초심을 잃지 말라니까."

"초심을 잃은 게 아니라 발전하고 성장한 거거든? 세상 가장 귀한 기운도 가졌고 남부럽지 않은 부와 명성도 손에 넣었고, 무엇보다 '세상에서 제일 예쁜 여자'가 지금 이렇게 내 옆에 있는데 당장 내일 먹을 끼니 걱정했던 예전이랑 같으면 그거야말로 정상이 아닌 거지."

"하여튼 말은 참 잘해요."

입술을 삐죽 내밀며 못마땅해 하지만 왠지 눈은 웃고 있고 입꼬리는 실룩대는 설란이다.

그러다 고개를 잘래잘래 젓는다.

"하긴, 이런 고민이 다 무슨 소용이겠니. 강시를 만나든 금강한철의 성능을 시험하든 뭘하든, 그것도 다 표행을 나가야 할 수 있는 일인데."

"내 말이! 거의 두 달이 다 되도록 의뢰 한 건 없는데 그런 거창한 계획이 다 무슨 소용이냐고! 이러다가 정말 밑천 다 떨어질 때까지 표행 한 번 못 나가 보는 거 아닌지 몰라."

하지만 루하의 걱정은 기우였다.

그로부터 열흘째 되던 날, 쟁천표국이 문을 열고 두 달 만에 처음으로 표물 의뢰가 들어온 것이다.

第八章

현천상단의 의리

'현천상단이라고……?'

루하는 자신과 마주해 앉아 있는 중년인을 살폈다.

현천상단의 부단주 왕욱이라고 했다.

"표물을 의뢰하시겠다고요?"

"그렇습니다."

"군량미라구요?"

"예."

"의창으로 가서 물건을 인계받고 거기서 다시 이곳 산서의 양고(陽高)로 가서 국경 수비대에 군량미를 전달하라구요?"

"예."

"그렇게만 하면 통상적인 표행비의 스무 곱을 쳐 주겠다고요?"

"예. 물론 스무 곱은 어디까지나 표행을 무사히 마쳤을 경우의 성공 보수입니다."

루하가 이맛살을 찌푸렸다.

"아니, 왜요? 자세한 사정이야 모르겠지만 성공 보수로 스무 곱이나 쳐 줄 정도면 현천상단에 있어서 엄청 중요한 표물이라는 건데, 그걸 왜 우리한테 의뢰하시는 거죠? 현천상단은 이미 상단의 모든 표물 운송을 무림맹 표마원에 맡기기로 계약이 되어 있는 걸로 알고 있는데요?"

루하의 말투는 어딘지 조금 고까웠다.

그도 그럴 것이, 어디까지나 양윤을 통해 들은 거지만 후원이니 투자니 하는 말로 루하에게 먼저 손을 뻗었던 현천상단이다. 수십만 냥의 선수금에 토지와 인력 등 모든 지원을 아끼지 않겠다며 잔뜩 바람을 넣어 놓고는 무림맹이 세워지자마자 언제 그랬냐 싶게 입을 싹 닦고 무림맹에 줄을 댄 그들이었다.

물론 이해는 한다.

무림맹과 그는 아예 비교 대상도 되지 못하니까.

그래서 원망을 하거나 욕을 한 적은 없다. 하지만 막상

이렇게 얼굴을 마주하고 보니 심사가 뒤틀리는 것은 어쩔 수 없었다.

그렇게 기분 나쁜 말투로 툭 던지는 루하의 질문에 왕욱은 씁쓸한 고소를 지으며 말했다.

"국주께서도 아시겠지만 지난번 토벌대의 일로 무림맹은 당분간 표마원의 모든 활동을 중단시킨 상태입니다."

"표마원이 안 되면 신표련도 있잖아요."

"이미 그쪽에도 한 번 의뢰를 했습니다."

"그런데요?"

"신표련은 대륙표국의 뒷배로 있는 대륙상단과 천룡표국의 뒷배인 천하상단의 주도로 만들어진 곳입니다. 그리고 대륙상단과 천하상단은 호시탐탐 우리가 가지고 있는 소금과 인삼 교역권을 탐내고 있었구요. 그들로서는 상계의 패권을 잡을 수 있는 절호의 기회인데 이런 기회를 그냥 놓칠 리가 없죠."

"그래서 의뢰를 거절당했다?"

"예. 강시를 핑계로 대긴 했지만 속내야 뻔한 것이니까요. 같은 입장이었다면 우리 또한 그렇게 했을 테구요."

그렇다고 여타 다른 표국에 표물을 맡길 수도 없다.

강시를 만나는 경우야 드물지만 녹림도를 만나는 경우는 아주 흔해 빠졌으니까.

강시로 인해 오히려 표국들보다 더 심각한 피해를 입고 있는 것이 녹림도였다. 강시가 주로 출몰하는 곳이 녹림의 근거지인 산중이어서 직접적으로 목숨의 위협을 받고 있는 데다가 표국들의 표행이 줄어들면서 당장 밥줄에도 영향이 컸다.

언제 강시가 나타날지 모른다는 공포로 신경은 날카로울 대로 날카로워져 있고, 굶주림으로 독기는 독기대로 바짝 올라 있다.

그 바람에 어지간한 표국들은 강시보다 녹림도를 더 두려워할 지경이었다.

"그러니까 나 정도는 되어야 녹림도가 함부로 엉기지 못할 거다?"

"부탁드립니다. 지금으로써는 믿고 맡길 곳이 여기 쟁천표국뿐입니다."

"대체 이유가 뭐예요? 황금으로 만들어진 쌀도 아닐 텐데, 고작 군량미를 옮기는 데 통상적인 표행비의 스무 배를 건다는 건 어떻게 봐도 배보다 배꼽이 더 큰 건데, 그렇게까지 하면서 무리하게 군량미 조달을 강행하시는 이유가 있을 거 아닙니까?"

"아시는지 모르겠지만 이 나라의 전체 군량미는 장강 이남에서 생산되어 올라오는 것들로 쓰이고 있습니다. 그런데 현재 국경 지대로 가는 거의 모든 운반 통로가 다 막혀 버린 상태입니다. 그 탓에 국경 지대의 군대란 군대는 죄다 군량미 부족으로 곤란을 겪고 있는 상황입니다.”

“국경 지대의 군대는 다 같은 상황인데 왜 군량미는 양고에만 보내는 거죠?”

“혹시 진천왕야를 아십니까?”

“아, 그…… 황실 최고의 어른이라는…….”

“황제 위의 황제라고 불리는 황실 최고의 권력자이기도 하죠. 거기 국경 수비대의 대장이 바로 진천왕야가 가장 아끼는 둘째 사위입니다. 또한 수비대의 칠만 군대는 진천왕야가 부르면 언제 어디라도 달려올 수 있는 그분의 친위부대구요.”

“그러니까 그 친위부대가 군량미 부족으로 곤란을 겪고 있다? 강시랑 녹림도 때문에 운반 통로가 다 막혀서?”

“네, 그래서 진천왕야께서 직접 저희 상단에 명을 내리셨습니다. 그리고 저희로서는 무슨 수를 써서라도 그 명을 완수해야 하구요. 그분의 비위를 거스르면 십수 년간 저희가 가지고 있는 소금과 인삼 교역권이 필경 다른 상단으로 넘어갈 테니까요.”

그렇게 되면 현천상단이 입을 손해는 그야말로 천문학적인 액수가 된다.

현천상단의 근간마저 흔들릴 수 있을 정도인 것이다.

'그래서 성공 보수를 그렇게 높이 부른 거군.'

사실 지금 왕욱이 말한 것들은 현천상단 입장에서는 가능하면 감춰야 할 부분이었다. 그런데도 주저 없이 그 모든 속내를 털어놓은 것은 그만큼 그들의 사정이 절박하다는 뜻이었다.

들을 건 다 들었다.

이젠 자신이 결정할 일만 남았다.

잠시 이것저것 계산을 굴려 보던 루하가 생각을 마치고 툭 내뱉듯 던졌다.

"십오만 냥."

"예?"

"성공 보수니 뭐니 그딴 건 다 필요 없고 의뢰비 십오만 냥을 선금으로 주세요. 그럼 이 표행, 저희 쟁천표국에서 맡겠습니다."

그렇게 말하며 루하가 어깨를 으쓱해 보였다.

의뢰비 십오만 냥이면 그들이 내건 성공 보수 스무 배에서 다시 두 배가 넘는 액수였다. 그것도 성공 보수가 아닌 순수 표행비로.

일반적인 경우라면 터무니없는 요구였다.

말도 안 된다며 버럭 화를 내도 이상하지 않을 정도로 무리한 액수였고 조건이었다.

하지만 지금은 이미 일반적인 경우가 아니었다.

아쉬운 건 현천상단 쪽이다.

다른 대안이 없는 만큼 매달려야 하는 것도 현천상단이다.

'흐흐. 이럴 때는 일단 크게 부르고 나서 조율을…….'

"알겠습니다. 성공 보수 없이 의뢰비로 십오만 냥을 드리겠습니다."

"……."

뭘까? 이 시원시원함은?

심지어 그 자리에서 십만 냥짜리 전표 한 장과 오만 냥짜리 전표 한 장을 꺼내어 루하 앞에 대뜸 내밀기까지 한다.

이렇게 흔쾌히 자신의 요구를 들어줄 거라고는 생각 못 했던 루하의 머릿속에 여러 생각들이 얽혔다.

'이거 좀 더 불러도 될 걸 그랬나?' 하는 아쉬움과 자신이 이렇게 나올 것까지도 다 계산해 놓은 듯한 왕욱의 여유에 '마치 부처님 손바닥 안의 손오공이 된 것 같군.' 하는 씁쓸함.

'하긴, 요대(腰帶)만 봐도 그날 입은 속곳의 색깔까지 맞춘다는 현천상단의 상인들인데 하물며 부단주씩이나 되시는 양반이니…… 이 닳고 닳은 장사꾼을 내가 무슨 수로 당

하겠어.'

그런 한편으로 십오만 냥이라는 거금조차 이미 상정해 뒀을 만큼 지금 현천상단이 절박하긴 절박하구나 싶기도 하고, 십오만 냥이라는 돈을 거리낌 없이 내놓는 배포를 보며 새삼 현천상단의 자금력이란 게 참 대단하다는 생각도 든다.

루하가 그렇게 조금은 감탄 어린 눈으로 왕욱을 보고 있는 사이 왕욱이 말을 덧붙였다.

"현재 귀 표국에선 아직 쟁자수를 따로 두지 않고 있다 들었습니다."

"그래서요?"

"군량미라는 표물의 성격상 짐이 많습니다. 아마 지금부터 쟁자수를 구한다고 해도 필요한 만큼의 인원을 구하기는 결코 쉽지 않을 것입니다. 그래서 드리는 말씀인데, 실례가 되지 않는다면 저희 현천상단의 짐꾼들을 빌려 드리겠습니다."

"짐꾼을요? 그래 주시면 저희야 고마운 일이죠. 근데…… 짐꾼 인건비를 저희가 따로 내야 하는 건 아니겠죠?"

"물론 아닙니다. 짐꾼은 물론이고 목적지까지 가시는 동안 현천상단의 깃발이 걸린 곳이면 어디서든 무상으로 편의를 제공받으실 수 있게끔 조처를 해 둘 것입니다."

"그래요?"

듣던 중 반가운 소리다.

대륙 천지에 널린 객잔과 주루들 중에서 절반 이상은 현천상단이 운영하는 곳이었다. 그 모든 곳에서 무상으로 편의를 제공해 준다면 인건비에다가 숙식비까지 아낄 수 있는 것이다.

"대신 한 가지 명심해 주셔야 할 것은 군량미 조달이 해를 넘겨서는 안 된다는 것입니다."

그렇다면 이제 석 달 남짓이다.

그 정도면 크게 여유롭지는 않아도 그리 촉박한 시간도 아니다.

십오만 냥이라는 거금을 품에 챙긴 루하가 흔쾌히 고개를 끄덕였다.

"좋습니다. 그 표물, 저희 쟁천표국에서 맡기로 하죠!"

*　　*　　*

"두 달 치 원금 깐 것 빼고 여기 십이만 사천 냥. 이걸로 빚 싹 다 갚아 버리세요. 그리고 이걸로는 천랑채 분들에게 표행비로 삼백 냥씩 나눠 주시구요."

루하가 두 개의 주머니를 내밀며 그렇게 말하자 양윤이

의아히 되물었다.

"표행비로 삼백 냥씩을 나눠 주라는 말씀입니까?"

표행 한 번에 해당하는 표행비로 삼백 냥은 너무 많은 액수였다. 그가 알기로 대륙표국과 천룡표국의 총표두도 표행비로 받는 돈이 백 냥을 넘지 않았다.

"십오만 냥이나 받았는데요, 뭐. 더구나 요즘 표행이 워낙에 위험하기도 하고. 마음 같아서는 더 많이 나눠 주고 싶은데 지금은 빚 갚는 게 먼저라서 그냥 삼백 냥으로 정한 거예요."

"그래도 처음부터 길을 잘못 들이면 나중에 힘들어질 수도 있습니다. 사람의 욕심이란 건 시간이 지날수록 커지기 마련이고 작은 호의에는 감사해도 큰 호의는 당연한 권리로 생각하는 게 사람의 본성이니까 말입니다."

"괜찮아요. 나중 일은 나중에 생각하죠, 뭐. 정 수틀리게 굴면 확 다 잘라 버리면 되는 거고. 그보다…… 왜 갑자기 존대세요?"

"정식으로 총관 직첩을 받기도 했고 이제 표국이 대외적인 활동을 시작하기도 하고…… 기본적인 격식은 갖춰야지요. 그래야 위계가 서고, 위계가 서야 불필요한 분란이 안 생기니까요. 우리 쟁천표국과 국주님의 대외적인 위신도 고려해야 하고."

"굳이 그럴 것까진 없는데…… 뭐, 정 그러고 싶으시다면 그러시든가요. 듣고 있다 보니 그게 또 썩 나쁘지가 않네. 흐흐."

루하가 기분 좋게 웃으며 자리에서 몸을 일으켰다.

"지금 다들 어디 있죠?"

"연무장에서 진법 훈련을 하고 있습니다."

"진법 훈련이요? 요즘 연무장 쪽이 좀 시끄럽더니 그 양반들 그런 것도 하고 있었던 거예요? 도둑들 주제에 안 어울리게?"

"모르셨습니까? 예 소저께서 직접 가르치고 계신데……."

"예? 걔가요?"

"장 두령, 아니, 장 총표두 말씀으로는 여타 표국의 진법과는 차원이 다르다고 합니다."

그야 당연했다.

모름지기 육대가문의 하나인 단씨세가의 핏줄이다. 하나를 가르쳐도 어설픈 것을 가르칠 리가 없다.

'기특한데?'

세상이 흉흉하니 이게 다 자신을 걱정해서 하는 일이 아니겠는가.

그렇게 생각하며 연무장으로 향했다.

연무장에 도착해 보니 천랑채, 아니, 이제 어엿한 쟁천표국의 표사가 된 사내들이 듣던 대로 진법 훈련에 한창이었다.

흘러내리는 땀과 토해 내는 숨결에 연무장의 열기가 후끈 달아오르고 그 앞에서 작은 소녀 하나가 엄격한 목소리로 지시를 내린다.

"금쇄비사진(禁碎飛蛇陣)! 제일 진은 북북동! 제이 진은 동미남! 진은 바람처럼 빠르게 퇴는 태산처럼 무겁게!"

설란의 지시에 횡으로 줄을 지어 있던 진이 급격히 종으로 회전한다.

"호오!"

합을 맞춘 지 얼마 되지 않았는데도 의외로 일사불란하고 꽤나 숙련되어 보여서 절로 입에서 감탄성이 터져 나왔다.

진법에 대해 무지한 그가 보기에도 상당히 그럴듯해 보였다. 예전 만수표국에서 우연찮게 참여했던 진법과는 비교도 안 될 만큼 장엄하고 멋스러워서, 보다 보니 자신도 모르게 푹 빠져서는 아예 넋을 놓고 보게 된다.

그렇게 진법 훈련은 여섯 번의 공격진과 여섯 번의 수비진이 연환과 교차를 쉴 틈 없이 반복하고 나서야 마무리가 되었다.

진법 훈련이 끝나자 표사들이 그 자리에 털푸덕 엉덩이를 깔고 거친 숨을 토해 내기 바빴다. 어지간히도 강도가 높았는지 피로와 탈진으로 반쯤은 혼백이 나간 얼굴들이다.

그런 표사들을 보며 설란이 한마디 했다.

"이제 겨우 시작인데 벌써들 그렇게 힘들어 하시면 오늘 훈련 어떻게 다 소화하시려고 그래요? 딱 일각만 쉬고 철쇄봉혼진(鐵鎖封魂陳)이랑 십방무영진(十方無影陣)을 바로 이어서 할 테니까 마음 풀지 말고 계세요."

설란의 말이 끝나자마자 여기저기서 탄식에 가까운 한숨을 토한다.

지친 얼굴은 아예 울상이 되다시피 했다.

"이보십시오, 예 소저. 어찌 그렇게 고운 얼굴로 그렇게 악독한 말씀을 하신단 말이오!"

"이러다 강시를 만나기도 전에 먼저 지쳐서 죽겠습니다. 지쳐서 죽겠어."

"아, 배 째요. 배 째. 이젠 아주 꼼짝도 못 하겠으니까."

그러고는 아예 그 자리에 벌러덩 드러눕는 자도 있다.

하지만 이 철혈의 여제는 눈썹 하나 까딱하지 않았다.

"쉬고 싶으면 쉬세요. 하기 싫으면 안 해도 돼요. 하지만 당신들이 지금 한 번 편해지면 당신들 옆에 있는 동료의 목숨이 딱 그만큼 위험해진다는 것만 아세요. 동료들이 다 죽어 나가도 나만 편하면 된다 생각하시면 그냥 가셔도 돼요. 안 말려요."

그녀의 말에 탄식 소리가 짙어졌다.

마녀가 따로 없다.

학을 떼겠다는 듯 혀를 내두르며 체념하는 그들의 눈에는 지금 설란이나 강시나 크게 다르게 보이지 않을 것 같았다.

그러거나 말거나 더 할 말 없다는 듯 홱 몸을 돌리는 설란이다. 그러다 루하를 발견하고는 흠칫 놀라며 다가왔다.

"여긴 무슨 일이야?"

"아니, 그냥……. 그보다…… 너 너무 무서워. 원래 이렇게 무서운 애였어? 나 지금 완전 결혼 사기라도 당한 것 같은 기분이야."

"칫. 나도 뭐 그렇게 독하게 굴고 싶어서 독하게 구는 거 아니거든? 어쩔 수 없잖아. 표행이 너무 일찍 잡혀 버렸는데. 게다가…… 저 사람들이 자꾸 욕심을 부리게 만들기도 하고."

"표사들이?"

"진법을 습득하는 속도들이 엄청 빨라. 손발도 잘 맞아서 진법의 효능을 금방 백분 살려내고. 상당히 수준이 높은 진법인데도 벌써 팔 성은 익힌 거 같아."

"호오. 그래?"

루하가 새삼스러운 눈으로 표사들을 본다.

하긴 어찌 보면 당연한 일일 수도 있다.

제대로 된 사문도 없이 순수하게 자신들의 재능과 노력만으로 그 무시무시한 팔공산에서 버텨 온 사람들이다. 그 재능들이 흔한 것일 리가 없다.

'더구나 팔공산에서 도적질을 하며 목숨 빚으로 쌓은 서로 간의 신뢰이자 동료애일 테니 그 또한 가벼운 것일 리가 없고.'

손발이 안 맞으려야 안 맞을 수가 없는 것이다.

"근데 총표두님은?"

훈련이야 설란이 시킨다지만 실전에서 진법을 진두지휘해야 하는 것은 장청의 몫이었다. 가장 적극적으로 훈련에 참가해야 할 그가 정작 연무장엔 보이지가 않았다.

"아, 내가 숙제를 좀 내줬거든."

설란의 말에 루하가 의아히 물었다.

"숙제?"

"응. 진법을 지휘하려면 진법에 대한 이해와 지식이 기본적으로 바탕에 깔려 있어야 하니까. 그래서 진법 서적들을 좀 드렸어. 진법에 대해 완전히 깨칠 때까지는 당분간은 실전에서도 내가 지휘를 할 거야."

"그러니까 지금 그 양반이 책을 싸들고 공부를 하고 있다고? 책이랑은 완전 담쌓은 것 같이 생긴 양반이?"

"응. 근데 몸으로 익히는 무공이랑 머리로 이해를 해야 하는 진법 공부랑은 그다지 상관이 없나 봐. 단혼팔문도를 익힌 그 대단한 무재를 가지고 있는데도 정작 진법 공부는 진전이 없어. 너무 더뎌. 이런 말 하긴 좀 그렇지만…… 머리가 나쁜가 봐."

"푸핫!"

설란의 진지한 말에 웃음이 터져 버리고 만다. 왠지 머리를 싸매고 끙끙대고 있을 장청의 모습마저 떠올라서 피식 피식 실소도 멈추지 않는다.

그런 루하를 보며 설란이 다시 물었다.

"근데 정말 여긴 무슨 일로 온 거야?"

"아, 그냥 양 총관님이 니가 여기 있다길래…… 표사들한테 줄 것도 좀 있고."

루하가 슬쩍 자신이 가져온 물건들을 눈짓했다.

다섯 개의 나무 궤짝이었다.

"이게 뭔데?"

"일단 이것부터 옮겨 놓고."

그렇게 말하며 루하가 궤짝 두 개를 쌓아서 표사들 앞으로 가져갔다. 루하를 따라 궤짝을 들어 올리던 설란은 생각외로 묵직한 무게에 움찔했다.

'대체 뭐지?'

설란이 그렇게 주춤하는 사이 두 개의 궤짝을 옮긴 루하가 다시 돌아와 궤짝 두 개를 더 옮겼다. 그제야 설란도 잡념을 떨치고 들고 있던 나머지 하나를 급히 마저 옮겼다.

그때까지도 기진맥진한 채 땅만 쳐다보고 있던 표사들이 갑작스럽게 등장한 루하가 정체 모를 다섯 개의 상자를 들고 오자 의아해한다.

"국주님. 그것들 뭡니까?"

"설마 우리 고생한다고 맛있는 거라도 가져오신 겁니까?"

루하가 피식 입꼬리를 말아 올렸다.

"맛있는 거랑은 비교도 안 되게 좋은 거거든요? 너무 좋아서 놀라 자빠지지나 마시라구요."

루하의 거창한 설레발에 표사들이 눈을 반짝이며 한껏 기대를 품는다.

그런 표사들을 보며 루하가 궤짝 하나의 뚜껑을 열었다.

그리해 그 안에서 시꺼먼 내용물이 드러나자 루하의 거창한 설레발과는 달리 일제히 미간을 찌푸리며 '뭐야, 저게?' 라는 표정을 짓는 표사들이다.

하지만 설란만큼은 달랐다.

그녀는 루하의 설레발대로 정말로 놀라 자빠질 듯한 얼굴을 하고 있었다. 그도 그럴 것이, 궤짝 안에 담긴 시꺼먼 물건은 금강한철로 된 병장기들이었던 것이다.

"너 이거……."

"말했잖아. 도검불침의 강시에게 이게 과연 통하는지 안 통하는지 시험해 볼 거라고. 그러자면 나 말고도 여러 사람을 통해서 좀 더 다양하게 실험을 해 보는 게 보다 객관적인 정보를 얻는 데 용이하지 않겠어? 뭐, 그게 아니라 단순히 안전을 위해서라도 좋은 무기로 전투력을 최대로 끌어올려두는 게 나쁠 건 없고. 아무래도 상대가 그 무시무시하다는 강시니까 말이야."

"꼭 강시가 나타나기를 바라기라도 하는 말투네?"

"그럴 리가. 어디까지나 만일의 사태를 대비하는 거야. 아무렴 강시를 만나지 않고 표행을 무사히 끝낸다면야 그보다 더 좋을 수가 없지."

사실 루하가 이 무기들을 표사들 앞에 가져온 건 그 딴에는 정말이지 크게 마음먹은 거였다. 고민도 많이 했고 갈등도 수도 없이 했다. 그런 끝에 이게 최선이라는 결론을 내리고 표사들의 무기를 모양부터 세부적인 크기와 길이, 거기다 개개인의 손에 익숙하도록 자루의 재질까지 조사해서 금강한철로 만든 것이었다.

그런데, 그렇게 신경을 많이 써서 만들어 온 것인데 그 절세의 병기를 보고도 표사들의 표정이 영 시큰둥했다.

“저기요, 국주님. 표국의 첫 표행이고 그래서 뭐라도 하나 표국만의 표식을 만들고 싶어 하시는 건 잘 알겠는데 말입니다. 그래도 이 칙칙한 것들은 좀 아니지 않습니까?”

“칙칙한?”

“칙칙한 것도 칙칙한 거지만 다들 오래 길들여 온 무기가 있는데 갑자기 새 무기로 바꾸라 하시는 건 엄연히 정신적인 폭력이고 횡포라구요.”

“정신적인 폭력? 횡포?”

하도 어이가 없어서 웃음만 난다.

“이 양반들 참, 이게 어떤 건지나 알고들 그런 무식한 소리를 하시는 건지…… 일단 한번 만져나 보라구요. 그 순간 새로운 세계를 경험하시게 될 테니까. 여기 미첨도, 누구 거죠?”

루하가 창에 가까운 도를 들어 보이자 표사 조인청이 심히 떨떠름한 표정으로 앞으로 나왔다.

“일단 제 것으로 보이기는 하는데…… 근데 정말 이걸 꼭 써야 하는 겁니까? 딱히 새로운 세계를 경험하고 싶지는 않은데…….”

그렇게 떨떠름해하며 칼을 받아 들던 조인청이 순간 흠

칫하며 놀란 눈을 했다.

왠지 모르게 느낌이 다르다.

전혀 길들여지지도 않고 늘 쓰던 미첨도와는 무게도 다른데 이상하게도 손에 착 감기고 칼을 쥔 손에서 어떤 설명할 수 없는 기운이 느껴졌다.

그제야 새삼스러운 눈으로 칼을 살폈다.

칙칙하게만 보였던 묵빛 도신이 이제는 왠지 모르게 신비로움으로 다가온다.

"이거 혹시…… 묵철 같은 겁니까? 아니면 현철중검이라든지…… 만년한철…… 은 당연히 아닐 테고……."

"뭐? 그게 무슨 말이야? 묵철이라니? 현철중검? 만년한철은 또 왜 나와?"

조인청의 예상과는 다른 반응에 다른 표사들도 그제야 관심을 보이며 호기심을 드러낸다. 그리고 그 호기심의 끝에는 루하가 있었다.

모두가 궁금증과 기대, 그리고 설마 하는 의심까지 한데 섞어 루하를 본다.

표사들의 그 같은 눈을 보며 루하가 대답했다.

"어차피 이게 어떤 물건인지 말해 줘 봐야 무식한 당신네들한테는 쇠귀에 경 읽기일 테고. 그냥 이거 하나만 알고 계시면 됩니다. 당신네들이 평생 벌어도 못 살 만큼 어마무지하게 비싼 무기라는 거."

그거면 충분했다.

조금 전까지만 해도 칙칙하다느니 횡포라느니, 영 내키지 않아 하던 표사들이 언제 그랬냐 싶게 우르르 몰려들어 자기 것도 달라고 아우성을 쳐댄다.

무기를 나눠 주자 '우와! 우와!' 여기저기 감탄의 연발이다.

그런 그들을 보며 루하가 한마디 했다.

"혹시 괜한 착각들을 하실까 봐 미리 말씀드리는데, 그거 그냥 주는 거 아닙니다."

한껏 들뜨고 흥분해 있는 분위기 속에 그야말로 찬물이다.

"그냥 주시는 게 아니면……?"

"빌려 드리는 겁니다. 원래는 그냥들 주려고 했는데, 눈앞에 황금을 두고도 황금인지 똥인지 구분도 못 하는 당신네들 손에 맡겨 두는 건 이 녀석들한테도 너무 가혹한 것 같으니까. 괜히 지키지도 못할 물건 가지고 있다가는 밤길에 뒤통수 까이기 딱 십상일 것도 같고. 그래서 그냥 표행 때만 빌려 드리는 걸로 하겠습니다."

사실 애초에 줄 마음도 없었다.

표사들과의 교분이라고 해 봐야 팔공산에서 잔혹도마와 군림채를 상대로 같이 싸웠던 게 전부였다. 한 십 년 정도

생사고락을 같이 했다면 모를까, 이제 고작 인연을 맺은 지 반년도 안 됐는데 한 자루에 적어도 수만 냥이나 하는 걸 어찌 덥석 주겠는가.

그런 루하의 속내도 모른 채 이 순진무구한 사람들은 괜히 투정 부리다 사탕 빼앗긴 꼬마 아이처럼 울상을 짓는다. 혹시나 루하가 마음을 바꿀까 참 애절한 눈빛으로 기대를 보내기도 한다.

하지만 더 이상 할 말 없다는 듯 냉정하게 등을 돌리는 루하다.

설란이 루하를 쫓아오며 핀잔을 줬다.

"짓궂긴. 처음부터 줄 생각도 없었으면서."

"그야 당연하지. 내가 자선사업가도 아니고, 저 비싼 걸 저 사람들한테 왜 줘? 언제 봤다고? 막말로 성미에 안 맞는다고 당장이라도 표사 때려치우고 산으로 돌아가면 나만 새 되게?"

"그렇게 염치없는 사람들은 아니지 않니?"

"맞아. 도적들치고는 꽤 의리가 있지. 그래서 데려온 거기도 하고. 하지만 완전히 믿을 수는 없지. 난 아직 저 사람들에 대해 잘 모르니까. 뭐, 그것도 그거지만 나한테도 다 생각이 있어서 그래."

"생각?"

"이를테면 충성을 끌어내는 나만의 방식이라고나 할까? 지금쯤 저 사람들은 이렇게 생각하고 있을 거야. 어차피 자기들한테 맞춰진 무기라고. 팔아 봐야 제값을 받기 힘들 거라고. 팔려고 만든 거였으면 애당초 자기들한테 빌려주지도 않았을 거라고. 표국 생활 열심히 하고 충성을 보여 주면 언젠가는 자기들 것이 되는 날이 올 거라고."

"그러니까 저 무기가 탐나서라도 너한테 충성을 다할 거다?"

"저 무기가 탐나서라도 좀 성미에 안 맞는다고 산으로 올라갈 일도 없을 테지. 그러니까 이건 나를 위해서이기도 하고 저들을 위해서이기도 한, 그 모든 것을 다 고려한 이 몸의 아주 사려 깊은 결정이자 배려라는 거지."

뭔가 둘러대는 말 같으면서도 또 어딘가 그럴 듯하기도 해서 살짝 헷갈리는 설란이다.

그런 설란을 보며 루하가 물었다.

"근데 진법 훈련 더 안 해?"

"저 사람들 얼굴 안 보여? 천당에 갔다가 지옥에 갔다가, 이젠 다들 손에 들고 있는 걸로 뭐라도 베어 보고 싶어서 아주 안달이 나 있고…… 저렇게 다들 마음들이 붕 떠 있는데 저 상태로 무슨 훈련을 하니? 오늘 훈련은 이미 공쳤어."

"그래? 그럼 오늘은 푹 쉬게들 둬. 내일 바로 의창으로 출발을 할 거니까."

"내일? 그렇게 빨리? 표행 준비가 아무것도 안 되어 있는데?"

"그건 신경 쓸 거 없어. 어차피 기본적인 건 그쪽에서 다 마련해 준다고 했으니까. 우리는 그냥 몸만 가면 돼."

그렇게 말하며 새삼 감회에 젖는 루하다.

"아! 드디어 출행을 하긴 하네. 이러다 정말 표행 한 번 못 해 보고 문을 닫는 건 아닌지 진짜 걱정했었는데 말이야. 삼절표랑의 이름을 달고 거창하게 표국을 열었는데 표행 한 번 못 해 보고 문을 닫으면 그게 무슨 개쪽이냔 말이지."

그저 표행을 나가게 되었다는 것만으로도 한껏 들떠 있는 루하를 보며 설란은 마음이 무거웠다.

자신감인지 아니면 무지에서 오는 용기인지는 모르겠지만, 무섭다 무섭다 하면서도 정작 강시에 대해 너무 안일하게 생각하고 있다.

무림맹 수백 정예가 강시 하나를 당해 내지 못하고 도륙 당했는데도 그 강함이, 그 공포가 전혀 피부에 와 닿지 않는 모양이다. 심지어 금강한철의 성능을 시험해 볼 목적으로, 내심 강시와 만났으면 하는 마음까지 은연중에 내비친다.

하지만 설란은 그럴 수가 없었다.

루하처럼 태평하게 걱정을 지우기에는 그녀는 환혼혈강시에 대해 너무 많이 알고 있었다.

패도적인 강함, 가공할 만한 단단함, 인성을 상실하고 오직 본능으로만 움직이는 그 잔인하고 흉포하기 그지없는 습성까지.

생각만 해도 벌써 심장이 조여 오는 듯했다.

그녀가 표사들에게 직접 진법을 가르치게 된 것도 그 같은 불안함 때문이었다.

지금 설란의 바람은 한 가지뿐이었다.

이번 표행에서 강시와 만나는 일이 없기를.

'제발 아무런 사고 없이 무사히 표행을 마쳐야 할 텐데…….'

표행이 당장 코앞으로 다가오자 애써 미뤄둔 걱정과 근심이 더욱 깊어지는 설란이었다.

第九章

최선과 차선의 차이는 우선 편의 제공?

"어? 저건 어디 표국이지?"

군량미를 인수받기 위해 한창 의창으로 바쁜 걸음을 내딛던 길이었다.

의창까지 대략 이백 리가량을 남겨 뒀을 때쯤, 련(聯)이라는 표기를 단 표행단과 마주쳤다.

아무리 강시의 창궐로 표국들의 활동이 위축되었다고 해도, 거기에 생계를 걸고 있는 수천 개의 표국이 조심스럽게나마 여전히 활동을 하고 있어 이렇듯 표행단을 보는 게 그렇게 드문 경우는 아니었다.

그럼에도 루하가 특별히 관심을 보인 것은 표행단의 규

모가 실로 어마어마했기 때문이었다.

수레가 수백 대에 쟁자수가 일천 명은 족히 넘을 듯했고 표사의 수도 엄청났다.

규모만 보자면 지난번 무림맹의 첫 표행단에 버금갈 정도였다.

이렇게 대단한 규모의 표행단을 꾸릴 수 있는 표국이라니?

들어 본 적 없다.

루하의 의문에 설란이 대답했다.

"신표련의 표행단 같은데?"

"신표련?"

"무림맹을 제외하고 저만한 규모의 표행단을 꾸릴 수 있는 곳이 신표련 말고는 없잖아. '련' 이란 표식도 그렇고."

"저게 신표련이라고?"

루하가 새삼스러운 눈으로 표행단을 보는데, 갑자기 누군가 그를 불렀다.

"정 소협! 이거 정 소협이 아니십니까?"

그 부름에 의아해하며 눈길을 돌리니 표행단의 후미에서 급히 자신에게로 달려오는 자가 있었다.

얼굴이 낯이 익다.

'양문경…….'

제갈세가의 표행 때 만났던 호북 천룡표국의 총표두 양문경이었다.

"오랜만이네요. 양 총표두님."

먼저 인사를 건넨 것은 설란이었다.

양문경이 그제야 설란을 발견하고는 황급히 포권을 취해 보였다.

"아, 예 소저도 계셨군요. 오랜만입니다, 예 소저. 언제고 두 분을 뵙게 될 날이 있을 줄은 알았지만 이런 곳에서 다시 뵙게 될 줄은 몰랐군요. 두 분께서 이곳 호북성까진 어쩐 일이십니까?"

루하가 대답했다.

"그냥 표행 나온 거죠, 뭐."

"아! 표국을 세우셨다는 소식은 들었습니다. 아무리 사별삼일이면 괄목상대라지만, 정 소협은 정말 제가 알던 그때 그분이 맞나 싶을 정도로 많이 변하셨군요. 잔혹도마를 죽였다 들었을 때는 어찌나 놀랍던지…… 이젠 이렇게 마주하고 있는 것조차 제겐 큰 영광일 정도로 대단하신 분이 되지 않았습니까? 게다가 이젠 어엿한 한 표국의 주인이시기도 하고."

"어엿한 표국은 무슨…… 무림맹에 채이고 그쪽 신표련에 치여서 제대로 된 표행 한 번 하기 힘든 처진데요, 뭐."

루하가 짐짓 원망을 담아 양문경을 보자 양문경이 곤혹스러운 표정을 지으며 쓴웃음을 머금는다.

어차피 잠깐의 유흥 삼아 한 농담이었기에 그를 더 곤란하게 하지 않고 루하가 이내 말문을 돌렸다.

"근데 정말 무슨 표행인데 이렇게 거창해요?"

"아, 양고의 국경 수비대로 가는 군량미입니다."

순간, 뭔가 좋지 않은 예감에 루하가 눈살을 찌푸렸다.

"국경 수비대요?"

"예. 현천상단에서 의뢰한 표물입니다."

"……."

국경 수비대로 가는 군량미라길래 설마 했더니 역시나다.

"제가 알기로 신표련은 현천상단과는 거래를 하지 않는다 들었는데요?"

"예. 아무래도 신표련을 후원하고 있는 대륙상단과 천하상단이 현천상단과는 경쟁 관계에 있다 보니…… 사실 이번 표행도 처음에는 거절을 했다더군요."

"근데 왜 갑자기……?"

"자세한 사정까지는 저도 알지 못합니다. 아마 윗선에서 모종의 거래가 있지 않았나 싶긴 합니다만…… 아, 이런! 오랜만에 귀한 분들을 뵈어서 술이라도 한잔 나누고 싶지만, 길이 바빠서 이만 실례를 해야겠군요."

그러고 보니 그사이 표행단과의 거리가 꽤나 멀어져 있었다.

"실례는 무슨. 언제 또 기회가 있겠죠. 바쁘신데 어서 가보세요."

"예. 그럼 이만."

그렇게 짧은 재회를 마치고 양문경이 표행단을 쫓았다.

그렇게 신표련의 표행단이 시야에서 사라지자 루하가 불쾌히 얼굴을 팍 구겼다.

"이것들 지금 대체 뭐하자는 수작이야?"

어째서 자신들에게 맡긴 표행을 신표련에도 맡긴단 말인가?

"설마 우리한테 맡긴 의뢰는 취소를 한다거나 그러려는 건 아니겠지?"

"어쩌면. 현천상단으로서도 사활이 걸린 일인 만큼 두 가지의 선택지가 생겼다면 선후를 따지기보다는 더 믿음이 가는 쪽을 선택할 테고, 그런 면에선 우리보다는 신표련이 더 믿음이 가는 게 사실이니까."

"흥! 어디 한번 그러기만 해 봐. 받은 십오만 냥, 절대로 안 돌려줄 테니까. 이미 빚 청산으로 다 날려서 돌려줄 것도 없어! 배 째라 그래!"

"정확한 건 어차피 현천상단에 직접 듣기 전에는 알 수 없는 거니까 일단은 의창으로 가서 무슨 생각인지 그 사람들한테 직접 들어 봐.”

설란의 말대로다.

일단 이게 다 어떻게 된 일인지 정확한 상황부터 알아보고 나서 돈을 돌려주든 배 째라 드러눕든 할 일이다.

그리해 바삐 의창으로 달려가 부단주 왕욱을 만났다.

하지만 왕욱으로부터 듣게 된 말은 짐작했던 것과는 조금 다른 것이었다.

“그러니까 우리들은 우리들대로 군량미를 운반해라?”

신표련에 맡긴 것과는 별개로 쟁천표국은 쟁천표국대로 국경 수비대로 군량미를 전달해 달라는 것이다.

“말씀드렸다시피 이번 일은 저희 상단에겐 명운이 걸린 일입니다. 얼마가 더 들어가더라도 반드시 완수를 해야만 하는 일이죠. 하나보다는 둘이 성공률이 더 높은 거야 당연한 일이 아니겠습니까?”

“뭐 그건 그렇다 치고, 신표련에선 왜 갑자기 마음을 바꾼 거랍니까? 뭔가 거래가 있었던 겁니까?”

“그건…… 상단의 업무에 관한 일이라 말씀을 드리기가…….”

“굳이 알고 싶지도 않네요. 뭔진 모르지만 뭔가 큰 거래가 있었겠죠. 그리고 그 거래에는 현천상단의 많은 양보가 있었을 테구요."

"……."

"그러니까 결국 그렇게 많은 양보를 하면서까지 신표련에 중복으로 의뢰를 해야 했을 만큼 우리가 미덥지 못했다는 거네요?"

"그런 게 아니라, 어디까지나 만일을 대비하는 차원에서……."

"아, 됐습니다. 기분이 썩 좋지는 않지만 그렇다고 이해 못 할 일도 아니니까. 아무렴, 무림맹의 대항마라고도 할 수 있는 신표련이 우리 같은 신생 표국보다야 훨씬 더 믿음이 가겠죠. 만일에 대비하는 차원이란 것도 이제는 우리 쪽에 해당되는 말이란 것도 잘 알고 있고. 하긴, 뭔 상관이겠습니까. 어차피 우리야 받은 돈만큼 일만 해 주면 되는 일인데. 알겠습니다. 계약대로 군량미를 국경 수비대까지 운반하도록 하죠. 그래서, 운반할 군량미는 어디에 있습니까?"

이해는 한다면서도 루하의 얼굴에선 좀처럼 불쾌한 기색이 지워지지 않고 있었다.

이미 이 정도 반응은 예상하고 있었는지 크게 동요하지 않고 대답하는 왕욱이다.

"군량미는 이미 짐수레에 다 실어 놓은 상태입니다. 필요한 짐꾼들도 다 모아 두었구요. 그리고…… 이건 다른 의도가 있는 것이 아니라 어디까지나 안정된 표행을 위한 조치이니 너무 기분 나쁘게 생각지 말아 주셨으면 하는데……."

"또 뭔데요?"

"그게…… 쟁천표국의 표사분들만으로 표행을 진행하기에는 아무래도 경비 측면에서 그 수가 부족할 듯하여, 우리 측 무사들 일백을 표행단에 더 포함시켰습니다."

"뭐라구요?"

"신표련의 표행단을 만나셨다니 국주께서도 보셨겠지만, 표사 오십으로 그 많은 수레를 경비하고 관리하기란 사실상 어려운 일입니다. 매일 불침번만 해도 삼사십 명씩은 붙어야 하는 데다 많은 무리의 녹림도가 공격해 왔을 때 적절한 대응도 어렵구요. 아무리 실력이 뛰어나다 해도 두 손으로 수백 개의 손을 다 붙들어 놓을 수는 없는 일이니 말입니다."

말이야 그럴듯했지만 결국 이 또한 쟁천표국이 미덥지 못하다는 것이다.

게다가 그러한 생각을 아주 여과 없이 드러낸다.

'지난번에는 내 이름값이면 녹림도가 감히 엉기지 못할 거라 해 놓고 이젠 녹림도 때문에 우리만으로는 안심이 안 된다?'

뒷간 들어갈 때와 나올 때가 다른 게 사람이라지만, 참 어이가 없다.

태도가 달라져도 너무 달라졌다.

'아쉬울 게 없다는 거겠지.'

루하가 기분 나빠하든 말든.

그래서 이번 표행 때려치우고 계약을 파기하든 말든.

어차피 쟁천표국은 차선에 불과해져 버렸으니까.

신표련이라는 든든한 최선이 군량미를 국경 수비대까지 무사히 전달해 줄 테니까.

지금 왕욱의 태도를 보자면 차라리 루하 쪽에서 먼저 때려치우겠다는 말이 나오기를 기다리고 있는 건 아닌지 의심이 들 정도였다.

'십오만 냥이라는 큰돈이 아깝긴 아까운데 현천상단의 체면과 신용을 생각해서 먼저 말을 바꾸지는 못하겠고, 게다가 아무리 신생표국이라고 해도 대놓고 함부로 하기에는 삼절표랑이란 이름도 부담스럽고…… 그래서 이렇게 좀스럽게 내 자존심을 긁어 대는 건가?'

루하가 울컥해서 낚시에 걸려들면 돈 아껴서 좋고, 안 걸려들면 처음 계획대로 이중의 안전장치를 두는 것이니 그건 그것대로 나쁘지 않다는 계산.

'하여튼 장사치들의 수작질이란…….'

짜증을 넘어 구역질이 날 지경이다.

그런 한편으로 자신의 위치를 이참에 확실히 알 수 있었다.

잔혹도마를 죽였든 어쨌든, 정도십이천과 같이 이름이 오르내리든 어쨌든 이 바닥에서의 자신은 그저 차선일 뿐이라는 것. 최선과 같이 있으면 그다지 필요가 없는 그런 어정쩡한 존재라는 것.

루하가 자리에서 일어섰다.

"준비는 다 되었다니 더 지체할 필요가 없겠네요. 올해가 가기 전에 국경 수비대에 도착을 하려면 그렇게 여유 있는 편도 아니고, 바로 출행을 시작하겠습니다."

현천상단에서 정말로 루하가 이번 표행을 그만두기를 바라고 있다고 해도 그는 전혀 표행을 그만둘 생각이 없다. 아니, 그럴 의도로 자신의 신경을 긁어 댄 것이라면 더더욱 강행이다.

'흥! 누구 좋으라고 그만둬? 이딴 것들한테 십오만 냥을 다시 토해 낼 바에야 차라리 강시한테 사지가 찢겨 죽는 걸 택하고 말아!'

*　　*　　*

그렇게 시작된 표행은 열흘 동안 별 탈 없이 진행되었다.

강시가 출몰했던 전력이 있는 곳은 철저히 피하느라 속도가 느리긴 했지만 정해진 일정에 크게 지장을 줄 정도는 아니었다.

그런데, 로하구(老河口)라는 곳에 이르렀을 때였다.

해가 질 무렵이라 하룻밤 묵을 생각으로 미리 현천상단의 지부에 사람을 보내어 묵을 객잔을 알아봐 달라 연통을 넣었는데 돌아온 대답은 '불가(不可)' 였다.

"왜 안 된다는 거죠?"

루하의 물음에 로하구의 늙은 지부장이 곤혹스러운 표정으로 대답했다.

"지금 이곳엔 빈 객잔이 없습니다."

루하가 눈살을 찌푸렸다.

"현천상단이 운영하는 객잔이 한 마을에 많게는 서른 개가 넘는 곳도 있던데 그 많은 객잔이 다 찼단 말이에요?"

"그게…… 신표련의 표행단이 먼저 와서 방을 잡는 바람에……."

루하가 흠칫했다.

"신표련이 와 있다고요? 이곳에?"

"예. 한 시진 전에 도착했습니다."

의외였다.

의창에서 출발한 시각을 따지면 최소 반나절 이상의 거리 차였는데 그새 그들을 따라잡은 것이다.

신표련이 먼저 방을 잡았다면 마을에 빈 객잔이 없는 거야 당연했다. 규모로만 따지면 현천상단으로부터 일백의 무사까지 받았는데도 쟁천표국의 표행단은 신표련의 표행단에 비할 바가 아니었으니까.

어쨌거나 난감한 노릇이다.

"어쩌지? 현천상단이 운영하는 곳 말고 다른 객잔이라도 알아봐야 하나?"

"저기, 다른 객잔도 빈방이 없기는 마찬가지입니다. 워낙에 사람이 많다 보니 이 마을에 있는 객잔이란 객잔은 신표련의 표행단이 다 차지를 한 상태입니다."

"그럼 뭐, 우리더러 노숙이라도 하라는 말씀입니까?"

루하가 어이없어하는데, 설란이 다른 대안을 제시했다.

"어차피 이 마을에선 못 쉴 것 같으니까 그냥 이대로 더 올라가서 묵을 곳을 찾는 게 어때?"

"더 올라가자고?"

"단강구까지만 가면 하남성과는 바로 접경 지역이라 묵을 곳이야 얼마든지 있을 테니까."

"말이야 쉽지, 거기까지 가려면 자정을 훌쩍 넘겨야 한다고."

"노숙을 할 바에야 좀 피곤하더라도 단강구까지 가서 편히 쉬는 게 더 낫잖아."

설란의 말이 옳았다. 계행 없이 이 인원 그대로 긴 여정을 계속해야 하는데 벌써부터 노숙으로 기운을 뺄 수는 없는 노릇이었다.

그리해 루하는 표행단을 이끌고 로하구를 건너뛰어 단강구로 바로 이동했다.

설란의 말대로 단강구에는 객잔도 많았고 넉넉했다. 하지만 그곳에서 푹 쉬지는 못했다. 짐작대로 자정이 훌쩍 지나 축시가 되어서야 겨우 도착을 한 데다 날이 밝기가 무섭게 루하가 길을 재촉했기 때문이었다.

"뭘 이렇게 서두르는 거야? 일정이 크게 촉박한 것도 아닌데. 표사들이야 그렇다 쳐도 쟁자수들은 아예 눈꺼풀도 제대로 못 뜨고 있잖아."

아닌 게 아니라, 거의 밤을 꼴딱 새다시피 강행군을 한 터라 다들 상태가 말이 아니었다.

그러나 루하는 냉정했다.

"괜히 지체했다가 신표련에 추월이라도 당하면 어제 같은 일이 또 생길 거 아냐? 그럼 또 묵을 곳 찾아서 강행군을 해야 할 테고. 계속 그런 반복이면 그땐 진짜 힘들어진다고. 그러니까 그냥 오늘 하루만 딱 힘들고 마는 게 나아."

하루만 힘들고 나면 신표련보다 늘 한발 앞서 갈 수 있고 그렇게 되면 매일같이 편한 잠자리를 얻을 수 있다.

루하 딴에는 정말 깊이 생각해서 내린 결정이었다.

하지만 그런 루하의 계획은 하루가 채 지나기도 전에 어긋나 버리고 말았다.

막 하남성에 들어 등주(鄧州)라는 마을에 이르러서였다. 날이 저물 무렵, 길을 서둘러 계획대로 신표련보다 먼저 등주에 도착한 루하는 로하구 때와 마찬가지로 그곳의 현천상단 지부에 묵을 곳을 마련해 달라 연통을 넣었다.

그런데, 이번에도 그쪽의 대답은 '불가' 였다.

"왜 안 된다는 거죠?"

"그게…… 신표련에서도 곧 당도할 예정이라……."

등주의 지부장 이막원이란 자가 그렇게 곤란한 표정으로 말하자 황당해하는 루하다.

"신표련이 당도할 예정인 거랑 빈 객잔이 없는 거랑 무슨 상관인데요? 어디까지나 먼저 도착한 건 우리고, 그럼 우리한테 먼저 방을 내줘야 하는 게 당연한 이친데."

"국주님의 말씀이 온당하나 이는 저로서도 어찌할 수 없는 부분입니다. 신표련에 우선적으로 모든 편의를 맞춰 드리라는 것이 상부에서의 지시인지라……."

보다 확률 높은 곳에 더 많은 공을 들이겠다는 현천상단의 의도야 알겠다.

하지만,

"아무리 그래도 그렇지, 아직 도착하지도 않은 신표련 때문에 먼저 온 우리한테 방을 내줄 수 없다는 게 말이 됩니까?"

이런 사태를 방지하려고 표행단을 잠도 제대로 안 재우고 서둘러 길을 나섰던 것이 아니던가. 고작 현천상단의 불공평한 편애에 그 고생이 다 수포로 돌아가게 생겼는데 '오냐, 그러마.' 하고 순순히 걸음을 돌릴 수는 없는 노릇이었다.

루하는 치미는 화를 애써 누르고는 차분하지만 단호한 어조로 말했다.

"아무튼 우리도 이대로는 절대로 못 물러납니다. 내 식구들을 여기서 더 고생시킬 수는 없다 이 말입니다. 그러니까 객잔을 내주든, 아니면 다른 방법을 찾든 어쨌든 우리가 편히 쉴 수 있는 곳을 준비해 주세요. 우리가 표행을 하는 동안 현천상단에서 제공하는 모든 편의를 자유롭게 이용할 수 있게 해 준다는 게 애초의 계약 조건이었는데 이제 와서 이러는 건 완전 계약 위반이죠!"

루하가 강경하게 나오자 이막원이 더욱 곤혹스러운 표정이 되어 삐질삐질 땀만 흘려 댄다.

뒤에서 갑작스러운 소란이 느껴진 것은 그때였다.

호랑이도 제 말 하면 온다고 했던가.

'신표련…….'

그때 마침 신표련의 표행단이 그곳에 도착을 한 것이었다.

쟁천표국의 표행단에 길이 막혀 신표련의 표행단이 이동을 멈추고, 뒤이어 선두에 선 꽤나 다부진 체격의 중년인이 루하에게로 다가왔다.

"소인은 신표련의 부련주이자 대륙표국의 국주 낙일신검 장일산이라 하오. 어느 표국의 형제분들이신지 여쭈어봐도 되겠소이까?"

표행단의 주인이 누군지 정확히 모르겠는지 그렇게 인사를 건네는 장일산의 눈이 루하와 설란을 거쳐 장청에게로 옮겨갔다.

하지만 이내 그 눈은 다시 루하를 향했다.

하나같이 비범하다. 아직 소녀티를 벗지 못한 여인은 그 미색이 놀라울 정도로 뛰어나면서도 총기가 번뜩이고, 사내는 거칠고 투박하면서도 어딘지 섬뜩한 기운을 풍긴다. 그런데도 장일산의 시선은 아직 약관도 되지 않은 앳된 소년에게 머물게 된다.

크게 대단해 보이지도 않고 특별해 보이지도 않는다.

그럼에도 설명할 수 없는 무언가가 그의 신경을 곤두서게 한다.

그렇게 장일산의 시선이 자신에게 고정되자 루하가 뭐라 대답을 하려는데,

"정 소협?"

누군가 그를 부르며 그들 사이에 끼어들었다.

얼마 전 잠시 스쳐 만났던 양문경이다.

"정 소협이 여긴 어떻게……?"

루하를 보며 어리둥절한 표정으로 양문경이 다가오자 장일산이 물었다.

"양 단주께서 아시는 분이시오?"

"아, 부련주님. 이분은 삼절표랑 정루하 소협이십니다. 잔혹도마를 꺾고 팔공산을 넘으신……."

순간 장일산의 눈이 휘둥그레졌다.

"이분이 그……."

"쟁천표국의 정루하입니다."

그제야 루하가 정중히 인사를 건넸다.

장일산은 여전히 어안이 벙벙한 표정이었다.

이런 곳에서 그 유명한 삼절표랑을 만날 줄도 몰랐을뿐더러, 소문으로 들어 상상했던 모습과는 너무 다른 모습 때문이었다.

나이가 어리다는 거야 그도 소문으로 들어 알고 있었지만 잔혹도마를 죽이고 팔공산을 넘었을 정도라면 좀 더 패

도적이고 좀 더 압도적인 기도를 풍길 줄 알았다. 그런데 어딘지 남다른 느낌이 난다는 것 외에는 도무지 소문의 그 대단한 삼절표랑으로는 보이지가 않았다.

장일산이 그렇게 할 말마저 잃고 멍해 있는 사이 양문경이 루하에게 물었다.

"어떻게 된 것입니까? 이 표행단은 또 뭐고……?"

"양고의 국경 수비대까지 전달할 군량미예요. 현천상단으로부터 의뢰를 받았구요."

"예?"

"그게 무슨 말이오? 현천상단의 군량미라니?"

루하의 말에 양문경과 장일산이 동시에 이맛살을 모았다.

"허면 쟁천표국도 우리와 같은 표행을 의뢰받았다는 말씀입니까?"

금시초문이라는 반응들이다.

"만일을 대비하는 차원이라고 하더군요."

"괜한 짓을……."

장일산의 얼굴이 불쾌함으로 물든다.

신표련이면 충분했다.

만일을 대비할 필요가 없다.

어차피 신표련이 해내지 못할 일이라면 다른 표국도 마

찬가지일 테니까.

그렇게 불쾌함 속에서 루하를 보는 장일산의 눈에는 상처 난 자존심과 노골적인 자부심이 있었다.

마치 쟁천표국과 동급으로 취급된 것이 어이없다는 듯한.

이 바닥에서 천하제일을 다투던 대륙표국과 천룡표국이 뭉쳐 짧게는 수십 년, 길게는 수백 년에 이르는 대륙 각지의 전통 있는 표국들을 모아 만든 신표련이다. 아무리 작금에 삼절표랑의 이름이 높다 해도, 무림맹조차 위에 두지 않겠다며 신표련을 세운 그 하늘 같은 자존심에 아직 표행 한 번 제대로 한 적이 없는 신생 표국을 인정할 리가 없는 것이다.

'하긴, 오죽 잘나신 분들이어야 말이지.'

대륙표국, 그리고 낙일신검 장일산.

밑바닥 시절, 정도십이천과 녹림칠패만큼이나 귀가 따갑게 들었던 이름이다.

적어도 이 바닥에서만큼은 만인의 영웅이었고 목표였으며 동경의 대상이었다. 그건 루하라고 다르지 않았다.

그래서인지 지금 장일산이 보이는 노골적인 자부심이, 오만함이 그다지 기분 나쁘지는 않았다. 하지만 그렇다고 친절히, 사실 현천상단과 먼저 계약을 맺은 것은 쟁천표국이고 신표련이 도중에 끼어든 덕분에 졸지에 찬밥 신세가 되었으며 현천상단이 체면을 생각지 않았다면 쟁천표국은 이미 계약 파기를 당했을 거라는 창피한 속사정을 구구절절 얘기해서 장일산의 기분을 풀어 주고픈 생각까진 없었다.

하지만 부질없는 오기였다.

그가 굳이 말을 하지 않아도 쟁천표국이 찬밥 신세란 것은 금방 드러날 일이었다.

"저기, 일단 길을 좀 터 주셔야겠는데……."

잠시 정적이 흐르는 틈을 타 지부장 이막원이 그렇게 끼어든 것이다.

"말씀드렸다시피 선후에 상관없이 신표련 표행단에 편의를 우선 제공하라는 것이 상단의 지침이다 보니 저로서는 그 명을 따를 수밖에 없습니다. 일단 신표련 표행단부터 준비된 객잔에 모신 다음에 쟁천표국 분들은 따로 상단의 주루와 그밖에 묵을 만한 곳을 비워 드리도록 하겠습니다. 그러니 일단은 신표련 분들이 지날 수 있도록 옆으로 조금만 길을 터 주십시오."

굳이 안 해도 될 말까지 참 친절하게도 설명한다.

그 바람에 앞뒤 정황을 단번에 다 파악한 장일산의 얼굴에 스치듯 짧은 웃음기가 지나가고 얼굴에 가득했던 불쾌함도 꽤나 옅어졌다.

반대로 창피함과 굴욕감에 얼굴이 다 화끈거리는 루하다.

하지만 화를 내고 고집을 부리기도 애매하다.

상단의 지침까지 들먹이면서 이렇듯 대놓고 쟁천표국의 자리가 아니라고 하는데 여기서 더 고집을 부리기엔 명분도 없을뿐더러, 싸움에서 진 개가 짖는 것처럼 없어 보이고 비루해만 보일 뿐이다.

결국 길을 비켜섰다.

그렇게 쟁천표국의 표행단이 터 준 길로 신표련의 표행단이 참 당당하게도 걸어 지나갔다. 힐끗거리는 신표련 표사들의 얼굴에는 싸움에서 이긴 자의 여유와 도취, 그리고 패배한 자에 대한 비릿한 조소가 섞여 있었다.

그 모습을 보자니 잠시 눌러두었던 화가 다시금 울컥 치밀어 오른다.

"젠장! 첫 표행부터 뭐가 이리 일이 더럽게 풀려? 액땜이야 뭐야?"

그런데 이상한 것은 쟁천표국 표사들의 반응이다.

전혀 아무런 동요가 없다.

자신들을 향한 조소와 멸시의 시선에도 귀를 후비고 코를 파고, 마치 남의 일인 양 시큰둥이다.

"주인 정신을 바라는 건 아니지만 그래도 다들 너무들 무심하신 거 아녜요? 이게 무슨 남의 집 불구경도 아니고…… 저렇게들 우리를 무시해 대는데 화도 안 나요?"

왠지 서운한 마음에 그렇게 투덜대는데, 장청이 콧방귀를 뀌었다.

"화를 내? 겨우 이깟 걸로? 이 녀석들이 살아온 세상이 겨우 이깟 일에 자존심을 상할 만큼 좋은 세상이었다면 애초에 팔공산에 오르지도 않았을 거다."

장청의 말에 루하가 움찔하며 표사들을 돌아보았다.

그들의 속사정을 아직 전부 다 알지는 못하지만 지난 두 달간 같이 지내며 그래도 일부나마 들은 것이 있었다.

눈앞에서 처자식이 죽는 걸 무력하게 지켜보아야 했던 사람도 있고, 무도한 권력에 휩쓸려 억울하게 살인 누명을 쓰고 평생을 쫓겨 다닌 사람도 있다. 돈에 팔려 가는 여동생을 구하려다 잡혀 온몸에 인두질을 당한 사람도 있고, 종살이를 하다가 주인의 신발에 흙을 묻혔다는 이유로 죽도록 매를 맞고 거적때기에 말려 냄새나는 하천 똥구덩이에 시체처럼 버려진 사람도 있다.

장청의 말대로 그렇게 지독한 세상을 살아온 그들에게 이 정도 모욕은 한여름 귓가에 맴도는 모기의 윙윙거리는 날갯짓보다도 더 하찮은 일일 것이다.

그들을 보자니 정말 별것도 아닌 일에 발끈한 것 같아 괜히 민망해진다.

그래서 괜히 말을 돌리며 닦달을 했다.

"그나저나 이 인간은 묵을 곳 마련해 주겠다고 해 놓고 왜 안 와? 왜 이렇게 늦어? 이러다 아주 여기서 밤을 새겠네. 새겠어."

第十章

만년한철을 찾아라!

이막원이 돌아온 것은 그로부터 두 시진이나 더 지나서였다.

이막원이 그들을 안내한 곳은 어떤 특정한 곳이 아니었다. 인근의 주루에서부터 시전의 점포들까지 빈방이란 빈방을 죄다 긁어다 그들에게 내줬다.

'고생 꽤나 했겠네.'

현천상단의 힘인지, 아니면 이막원 개인의 능력인지는 모르겠지만 이 짧은 시간에 이 많은 방을 마련했다는 것 자체가 놀라울 지경이다.

루하가 표사들과 쟁자수들에게 말했다.

"어제오늘 고생들 많으셨습니다. 오늘은 푹들 쉬세요. 내일은 여기서 점심까지 해결하고 출발할 테니까."

설란이 의아히 물었다.

"그렇게 늦게?"

"어차피 일찍 가 봐야 또 지금 같은 꼴이나 당할 건데, 뭐. 편의 우선 제공이니 뭐니, 그딴 소리 안 들으려면 그냥 반나절 정도 거리를 두고 가는 게 차라리 속 편해."

그리해 거기에서 하룻밤을 묵은 쟁천표국의 표행단은 이튿날 점심까지 해결을 하고 나서야 다시 표행을 나섰다.

"신표련은?"

"세 시진 전쯤에 떠났어."

"음…… 그 정도면 같은 마을에서 만나는 일은 없겠네. 그래도 혹시 모르니까 당분간은 천천히 속도 좀 늦추자고."

표행단의 규모면에서 신표련이 훨씬 컸다. 아무래도 무림맹의 전례가 있다 보니 신표련에서도 이번 표행에 꽤나 많은 공을 들여서 표사와 쟁자수 숫자가 족히 삼백 명 이상은 차이가 날 듯했다.

규모가 크면 속도야 자연히 느려지기 마련이다.

딱히 길을 서두른 것도 아닌데 처음의 반나절 차이를 열흘 만에 따라잡았던 것도 그 때문이었다. 그러니 다시 마주치지 않으려면 이쪽에서 속도를 조절하는 수밖에 없다.

그런데, 그렇게 표행단의 속도까지 늦추면서 신표련의 표행단과는 다시 마주치지 않으려 했건만, 루하가 신표련의 표행단을 다시 보게 된 것은 그로부터 고작 이틀 뒤였다.

"응? 이게 무슨 소리지?"

가장 먼저 이상한 소리를 들은 것은 루하였다.

이어서 장청이 눈살을 찌푸린다.

"크게 싸움이라도 벌어진 것 같은데?"

그리고 설란이, 표사들이, 뒤이어 현천상단의 무사들이 그 소리에 반응할 때쯤 한낮, 대로 한복판에서 벌어지는 살육과 참극의 현장이 그들의 시야에 들어왔다.

"이 괴물 같은 놈이!"

악에 받친 외침.

"사, 살려…… 끄아아아악!"

처절한 비명.

"죽엇!"

발악과도 같은 몸부림.

이미 수많은 주검들이 넓은 관도에 어지럽게 널려 있었다.

꿀럭꿀럭 피가 솟구치는 배를 움켜잡고 절망 속에서 안타깝게 숨을 토해 내는 자도 있고 짓이겨진 다리를 부여잡고 고통 속에서 울음을 터트리는 자도 있다.

그야말로 지옥도가 따로 없다.

하지만 루하의 눈은 그 지옥도를 보고 있지 않았다.

광기로 얼룩진 채 그러한 지옥도를 만들어 내고 있는 한 사내를 보고 있었다.

회색 동공, 음산하고 귀기 어린 기운, 그리고 신표련 표사들의 악에 받친 칼질에도 상처 하나 나지 않는 신체까지.

'강시…….'

강시다.

강시가 소문 그대로의 모습으로 그들의 앞에 나타난 것이다.

"가, 강시입니다! 어서 길을 물러야 합니다!"

현천상단의 무사 하나가 루하에게 다급히 말했다.

이럴 때를 대비한 쟁천표국의 표행단이 아니던가.

최선이 망가졌으니 차선이라도 지켜야 하는 것이 현천상단의 입장이었다.

루하도 무사의 말에 심히 동의했다.

자신 있게 표행 의뢰를 받은 것과는 달리 저 지옥도를 보고 있자니 도무지 그 속으로 뛰어들고 싶은 마음이 들지 않는다. 금강한철을 시험해 보겠다던 호기가 얼마나 무모하고 무지한 것이었는지 이제야 깨달았다.

그래서 무사의 말대로 급히 표행단을 물리려고 했다.

하지만 늦었다.

"크르르르……."

'우드득' 간단히 신표련 표사의 목을 부러뜨린 강시의 회색 동공이 그 순간 루하를 향한 것이다.

"정 소협! 피하십시오!"

애끓는 목소리가 들려왔다.

그건 쟁천표국의 표행단에서 나온 목소리가 아니었다.

신표련의 양문경이다.

피투성이가 된 왼팔을 움켜쥔 양문경이 루하에게 도망가라 외치고 있었다. 그리고 그 옆에는 그토록 당당하고 오만했던 낙일신검 장일산의 얼이 빠져 있는 얼굴도 있었다.

양문경의 창백한 얼굴에 깃든 공포가, 장일산의 얼굴에 가득 찬 아득한 절망감이 강시의 강함을, 그 무서움을 여실히 보여 주고 있었다.

그러나 그런 양문경의 절박한 외침도 한발 늦었다.

이미 강시가 루하를 향해 벼락같이 달려들고 있었던 것이다.

그 기세가 어찌나 사납고 흉포한지 가슴에 서늘하게 찬바람이 분다. 하지만 미적거릴 틈이 없다. 피할 수도 없다. 그가 피하면 이 무시무시한 불똥이 어디로 튈지 모른다.

지금 루하가 할 수 있는 최선은 검을 뽑아 강시에 맞서는 것뿐이었다.

이를 악물었다.

그리고 가슴에 이는 두려움을 애써 억누르며 호기롭게 외쳤다.

"좋아! 그 망할 몸뚱이가 얼마나 단단한지 한번 확인이나 해 보자고!"

이어진 충돌.

까까까까까깡!

날카로우면서도 묵직한 쇳소리가 시끄럽게 울려 퍼진다.

단단했다.

아니, 단단한 것도 단단한 거지만 루하의 공격이 전혀 먹히지 않았다. 심지어 십이 성의 단혼팔문도조차 강시의 손에 너무도 간단히 막혀 버린다. 더 암담한 것은 그의 검을 맨손으로 막아 내는 강시의 손에는 상처 하나 나지 않는다는 것이다.

'뭐야? 금강한철도 안 통하는 거야?'

단혼팔문도도 안 먹히고 금강한철도 소용이 없다.

도무지 이 난감한 상황을 타개할 방법이 떠오르지 않는다.

루하가 그렇게 막막해하고 있을 때였다.

"응조수야!"

설란이 어떤 번뜩임으로 그렇게 외쳤다.

하지만 루하에겐 그저 난데없고 생뚱맞을 뿐이다.

"응조수가 왜?"

"저 강시, 응조수를 익혔다고!"

"그거야 나도 알거든? 근데 그게 왜?"

"응조수를 익혔으니까 손은 몇 배로 단단하단 말이야!"

순간, 설란의 말하고자 하는 바를 바로 알아차렸다.

"아! 그러니까 다른 곳은 어쩌면 검이 박힐지도 모른다고?"

"그래! 그러니까 다른 곳을 노려 봐!"

설란의 말은 암담했던 상황에 그야말로 한 줄기 서광이었다.

그러나 그것이 완전한 해결책은 되지 못했다.

"젠장! 아주 환장하겠네! 뭐 이딴 괴물이 다 있냐고!"

겨우 승기를 잡았다 생각했건만 정작 그의 검이 강시의 신체 어느 곳에도 닿지를 않았다.

철의 장벽이다.

도무지 틈이 없다.

아무리 애를 쓰고 온갖 방법을 다해도 응조수가 만들어내는 벽을 넘을 수가 없다. 더구나 그의 공격을 뚫고 한 번씩 쑥 들어오는 응조수의 날카로움은 가슴 서늘한 공포만 남겼다.

벌써 몇 번이나 닿았다.

그 역시 강시와 마찬가지로 도검불침의 몸이 아니었다면 일찌감치 강시의 응조수에 심장이 뜯겨 목숨을 잃었을 것이다.

그렇게 루하가 도무지 열리지 않는 수막(手幕)의 벽에 막혀 답답해하고 있는데, 이번에도 설란이 타개책을 찾았다.

"회륜천금진(廻輪天禁陣)!"

이번의 외침은 루하를 향한 것이 아니었다.

쟁천표국의 표사들에게 내리는 명이었다.

"회륜천금진으로 강시의 배후를 노려요."

이미 준비하고 있던 표사들이다.

그리고 이런 상황을 상정하고 많은 훈련도 했다.

설란의 명이 떨어지자마자 표사들이 즉시 강시의 배후로 돌아가 반원의 진을 친다. 그리고 때를 맞추어 장청과 모웅이 좌우에서 튀어나와 강시의 등을 향해 칼을 내려쳤다.

어디까지나 강시의 시선을 루하에게서 떨어트려 놓기 위한 공격이었다. 그런 만큼 방어와 후퇴를 위해 남겨 둔 칠 푼의 힘을 제외하고 그들의 칼에는 고작 삼 푼의 힘만이 담겨 있었다.

그래서일까?

그들에게 아예 신경도 쓰지 않는 강시다.

자신에게 위협을 줄 수 있는 것은 오직 루하뿐이라는 듯, 루하 말고는 상대할 필요가 없다는 듯, 어차피 그 둘의 공격으로는 자신의 단단한 몸을 절대로 상처내지 못할 거라는 듯 등 뒤를 아예 무방비로 둔 채 오직 루하에게만 집중한다.

그 바람에 장청과 모웅의 칼이 너무도 쉽게 강시의 등에 닿았다.

그런데 이어진 것은,

서걱—

날카로운 쇳소리가 아니었다.

그들의 손에 닿는 감촉 또한 신표련의 표사들이 느꼈던 그 강철 같은 단단함이 아니라 살과 가죽의 느낌이었다.

깊지는 않았다. 가죽만 살짝 베인 정도였다. 하지만 그것만으로도 루하에게만 집중되어 있던 강시의 신경을 그들에게로 돌리기엔 충분했다.

"크아앙!"

비명인지 포효인지 모를 괴성을 토하며 강시가 신경질적으로 손을 떨쳤다.

하지만 이미 대비하고 있었다. 방어와 후퇴를 위해 남겨둔 칠 푼의 힘을 십분 발휘해 반사적으로 몸을 뒤로 물렸다. 그리고 그 틈에 뒤에 진을 치고 있던 표사들이 순식간에 두터운 검막을 형성해 강시의 다음 공격에 대비했다.

그러나 강시의 다음 공격은 없었다.

강시의 시선이 분산된 틈에 비로소 응조수로부터 자유로워진 루하가 그 즉시 강시의 어깨에 일검을 꽂은 것이다.

푸욱—

이번에도 쇳소리가 아니었다.

그리고 이 역시 치명적이지는 못했지만 표사들의 것보다 깊었다.

"크아아아아!"

비명 또한 처음의 것보다 거칠다.

이로써 확실해졌다.

'통한다!'

비록 응조수로 단련된 손에는 흠집 하나 나지 않았지만, 사람의 살가죽과는 비교할 수 없을 만큼 질기긴 했지만, 도검이 통하지 않는다는 강시에게 분명 금강한철이 통하고 있었다.

놀람과 충격으로 당황한 기색이 역력한 강시와는 달리 루하와 표사들은 그야말로 사기충천이다.

"이 개자식아! 지금부터가 진짜니까 각오 단단히 해 둬! 다시는 무덤에서 기어 나오지 못하게 오늘 아주 제대로 천도재를 지내 줄 테니까!"

루하가 한껏 호기롭게 외치며 강시에게로 득달같이 달려

들었다.

"금쇄비사진(禁碎飛蛇陣)!"

그에 맞춰 설란도 회륜천금진보다 훨씬 더 공격적인 진법으로 바꾸었다.

확실히 승기를 잡았다.

오직 본능밖에 없는 강시가 살이 찢기는 고통을 알게 되자 그건 이내 두려움으로 바뀌어 손발은 어지러워지고 그 대단했던 응조수도 전혀 위협이 되지 못한다.

그리해 루하와 표사들이 사방에서 강시를 휘몰아쳤다.

서걱 서걱—

사방에서 날아드는 칼날이 강시의 몸을 할퀴고 수많은 상흔을 남긴다.

그렇게 베이고 찢기는 상처가 점점 더 깊어지고 늘어갈 때마다,

"크아아아아앙!"

상처 입은 짐승처럼 사납게 포효를 하지만 그와는 반대로 강시의 몸놀림은 현저히 둔해지고 응조수는 갈수록 무기력해진다.

때를 맞추어 진법도 바뀌었다.

"광풍멸영진(狂風滅靈陣)!"

그때부턴 무차별적인 공격이었다.

이를 지켜보는 신표련의 표사들은 놀랍다 못해 어안이 벙벙할 지경이다.

수백 명이 달려들어서도 상처 하나 내지 못한 강시다.

압도적인 신위 앞에 신표련 표사 절반 이상이 목숨을 잃었다.

그런데도 반격은커녕 죽음과 절망만을 떠올려야 했던 그들인데, 삼절표랑과 쟁천표국 표사들의 저 모습은 대체 뭐란 말인가?

도검이 박히지 않던 강시의 몸에 어째서 저들은 저토록 쉽게 상처를 내는 것이며, 세상을 공포로 젖게 만드는 강시를 어찌 저들은 저토록 쉽게 다루어 낸단 말인가?

쟁천표국이 만들어 내는 그 압도적인 신위에 경악을 넘어 경이로움으로 바뀌어가는 시선들 속에서 드디어 끝이 왔다.

거의 만신창이가 되어 이젠 성난 포효조차도 내지르지 못한 채 '그르렁 그르렁' 거친 숨만을 토해 내는 강시에게 루하가 낼 수 있는 모든 힘을 짜내어 마지막 일격을 날린 것이다.

"이제 좀 그만 끝내자고!"

루하의 검이 그토록 질기던 살가죽을 갈랐고,

서겅—!

마치 팽팽한 비단천이 찢어지는 듯한 소리에 뒤이어 강시의 목이 사선으로 기울어진다 싶은 순간,

툭—

마침내 떨어졌다.

그리고 이어진 함성.

"우와아아아! 잡았다!"

"강시를 잡았다! 우리가 강시를 잡았어! 우와아아아아!"

심지어 지난번 쟁천표국의 표사들을 향해 비웃음을 날렸던 신표련의 표사들마저 살았다는 기쁨과 쟁천표국의 경이로운 활약에 압도되어 분별없이 함성을 질러 댔다.

"쟁천표국 만세! 삼절표랑 만만세!"

그렇게 다들 이 역사적인 승전에 미쳐서 흥분하고 있을 때였다.

루하 역시도 그들과 별반 다를 것 없이 짜릿한 흥분과 뜨거운 환호로 첫 강시 사냥 성공을 만끽하고 있던 그때, 불현듯 그의 시야로 기이한 장면이 들어왔다.

"어? 저거 왜 저래?"

어딘지 섬뜩하게도 분리된 강시의 몸과 머리에서 시커먼 연기가 피어오르기 시작한 것이다.

단지 연기만 피어오르는 것이 아니었다.

녹고 있었다.

몸이 녹고 녹은 몸이 기체로 변하며 연기가 되어 허공으로 흩어진다. 그리해 남겨진 것이라고는 그저 주인 잃은 옷

가지뿐.

아니, 하나가 더 있다.

옷가지 속에서 붉게 반짝이는 무언가.

잠시 멀뚱해 있던 루하가 무심결에 그 붉게 반짝이는 무언가를 향해 손을 뻗었다.

그때 설란이 급히 그를 말렸다.

"안 돼! 만지지 마!"

워낙에 다급하고 뾰족한 목소리여서 루하가 움찔하며 뒤로 물러섰다.

"왜? 이게 뭔데?"

하지만 설란은 대답 대신 가방에서 어떤 투박해 보이는 장갑을 꺼내어 손에 꼈다. 그리고 장갑 낀 손으로 강시의 옷을 뒤져 붉게 빛나고 있는 그 무언가를 꺼내 들었다.

엄지손톱만 한 크기에 얼핏 보기에는 보석처럼 생겼다.

그러나 거기에서 느껴지는 기운은 결코 예사로운 것이 아니었다.

그저 보고 있는 것만으로도 온몸의 신경이 다 곤두선다.

딱히 음산하거나 위협적인 기운은 아닌데, 그런데도 묘하게 사람을 긴장하게 만든다.

잠시 그것을 살피던 설란이 고개를 갸웃한다.

"독은 없는 것 같은데…… 그렇다고 특별한 사기(邪氣)

가 느껴지는 것도 아니고…….”

“대체 그게 뭐야?”

“나도 몰라, 아직은. 짐작이 가는 게 하나 있기는 하지만…….”

“그게 뭔데?”

“내단.”

“뭐? 내단? 강시한테도 내단이 있어?”

“나도 잘은 몰라. 그냥…… 예전에 천축의 의서에서 이런 글귀를 본 적이 있어. 완벽히 연성된 환혼혈강시의 내단이야말로 불로불사의 비약이라는.”

“그럼 이게 불로불사의 비약이라는 거야?”

“나도 잘 모른다니까. 그 글이 사실인지도 모르고 그 글이 사실이라고 해도 이게 완벽히 연성된 내단인지도 아직은 알 수가 없고. 그러니까 가져가서 한번 알아봐야지. 성분도 조사해 봐야 하고.”

설란이 가방에서 빙백음혼사의 내단이 들었던 옥함과 똑같은 모양의 옥함을 꺼내어 그것을 담았다.

‘그러고 보니 내단은 공기와 닿으면 녹는다고 했었지?’

아마도 녹는 걸 방지하기 위함인 것 같았다.

새삼 궁금해진다.

‘정말 강시의 내단이려나?’

정말 강시의 내단이라고 해도 불로불사의 비약이라는 건 그다지 믿음이 안 간다. 하지만 보통 내단이라고 하면 내공을 증진시켜 준다거나 빙백음혼사의 내단처럼 신묘한 효능이 있다거나 해서 귀한 보물로 여겨지는 만큼, 강시의 내단도 어떤 특별한 효능이 있지 않을까 싶었다.

'그 예사롭지 않던 기운만 봐도 결코 평범한 물건은 아닌데 말이야.'

이 순간 습관적으로 떠올리게 되는 것은 '돈이 좀 되려나?' 였지만 그런 한가한 생각은 이내 지웠다.

옥함을 가방에 잘 갈무리한 설란이 주위를 둘러보며 무거운 한숨을 내쉬었기 때문이다.

강시를 죽였다는 영예로운 활약상과 그로 인해 터져 나오는 기쁨과 환호가 무색할 만큼 이곳엔 아직도 참혹한 광경이 펼쳐져 있었다. 아무리 그저 잠깐 스쳐 지난 얼굴들이라고 해도, 조금은 재수 없게 굴던 불쾌한 경쟁자들이라곤 해도 그 많은 죽음들 앞에서는 마음이 무겁게 내려앉고 숙연해지는 거야 당연했다.

설란이 먼저 양문경에게로 다가갔다.

왼팔을 흥건하게 물들이고 있는 피를 닦아 내자 흉측한 상처가 보였다. 응조수에 당한 다섯 개의 구멍이 뼈가 보일 정도로 깊게 뚫려 있고 그 부위부터 아래로 손톱 끝까지 피부가 검푸른 색으로 변해 있었다.

"독…… 이야?"

루하가 눈살을 찌푸리며 묻자 설란이 고개를 끄덕였다.

"따로 독공을 익힌 게 아니라도 강시 본래의 독이 응조수에 묻어나온 걸 거야. 그래도 독이 번지지 않도록 완벽하게 혈을 차단해 놓으셔서 최악의 상황은 면했어. 하지만……."

설란이 말끝을 흐리자 양문경이 쓴웃음을 머금었다.

"팔은 못 쓰게 된 거군."

"예. 이미 독이 신경까지 죄다 녹여 버려서……."

비록 칼을 드는 오른손은 아니라고 해도 무인에게 있어 팔 하나를 잃는다는 건 치명적인 부상이었다. 어쩌면 다시는 양문경이란 이름 앞에 '염왕도' 세 글자가 붙지 않을지도 모른다.

절망보다도 무겁게 가라앉는 양문경의 얼굴을 보며 갈등하는 루하다.

어쩌면…… 조화지기라면 양문경의 팔을, 녹아 버린 신경들을 다시 원래대로 되살릴 수 있지 않을까?

그런 루하의 마음을 읽은 설란이 양문경의 치료를 마치고 일어서며 낮은 목소리로 말했다.

"안 돼. 팔이야 고칠 수 있을지 모르지만 그게 또 어떤 영향을 미칠지 모르는 일이야. 더구나 저기 저렇게 치료할 사람들이 많은데, 저들을 다 조화지기로 치료해 줄 거야? 그러다 저 사람들도 환골탈태를 시켰을 때와 같은 증상이라도 보이면? 그땐 어쩌게?"

"나도 알아. 안 할 거야. 이미 손에 칼을 들었다면, 무림에서 칼 밥 먹다가 입는 상처들이야 다 스스로들 감당해야 하는 몫이니까. 그렇게 살아가기로 한 사람들이니까. 더구나 저 사람들이 내 사람들도 아니고."

여기서 그들을 돕겠다고 나서는 건 주제넘은 오지랖일 뿐이다.

설란이 바쁘게 움직인 끝에 살아남은 자들의 치료는 대강 마무리가 되었다.

그리해 드러난 신표련의 인명 피해는 참혹했다.

오백 가까이 되던 표사 중 살아남은 자가 고작 백오십도 되지 않았다. 게다가 살아남은 백오십 명 중에서도 태반이 중상자들이었다. 심지어 큰 상처는 없어 보였던 장일산조차 단전이 뚫리는 부상을 입어 앞으로 무공을 쓸 수 있을지 장담할 수 없는 상태라고 한다.

신기한 것은 그 난리 통에도 천오백 명의 쟁자수들 대부분이 상처 하나 없이 말짱하다는 것이었다. 강시가 무림인들만 공격한다는 소문이 다시 한 번 사실로 판명된 것이다.

아무튼 신표련의 표행단은 더 이상 표행이 불가능했다.

그리해 가던 길을 바꾸어 왔던 길로 되돌아갔다.

한 팔을 잃은 양문경도 양문경이지만, 떠날 때 보였던 장일산의 참담하게 일그러진 얼굴이 처음 만났을 때의 오만함과 겹쳐져 왠지 통쾌하다기보다는 어느 늙은 무림 고수의 퇴진처럼 씁쓸하고 왠지 공허한 느낌이었다.

쓸쓸히 돌아가는 신표련과는 반대로 강시를 잡은 쟁천표국의 영웅들은 국경 수비대를 향해 멈췄던 걸음을 다시 힘차게 내디뎠다.

소문이란 것이 참 빠르다.

표행단의 속도보다 훨씬 더 빨라서 그들이 가는 길목마다 사람들이 나와 무림 최초로 강시를 잡은 쟁천표국의 업적에 찬사를 보냈다.

수백의 무림맹 정예들도 하지 못한 일을 일개 표국이, 그것도 고작 오십 명밖에 안 되는 표사들이 해냈다는 것에 놀라워하기도 하고 신기해하기도 하는가 하면, 그토록 세상을 공포로 몰아가고 있는 강시에 대한 해법을 드디어 찾아낸 것이 아니냐며 한껏 기대를 보내고 흥분을 드러내기도 한다.

루하야 이런 찬사와 관심이 새삼스러울 것도 없었다. 홍염마수를 죽였을 때도 그랬고 잔혹도마를 죽였을 때도 지금과 크게 다르지 않은 관심을 받아 봤으니까.

하지만 표사들은 달랐다.

그들에겐 난생처음 받는 찬사였다

그 낯선 관심이 어색하면서도 즐겁다.

"이햐! 사람은 이래서 밝은 데서 살아야 하나 봐. 같은 칼을 휘둘러도 도적일 때 듣는 거라곤 욕밖에 없었는데 직업 하나 바꾼 것만으로도 사람들 인심이 이렇게 달라지니 말이야."

"같은 칼은 아니지. 도검불침의 강시도 베어 내는 칼이라고. 국주님, 진짜 이것들 뭐로 만들어진 겁니까? 정말 소문대로 만년한철이 맞긴 맞는 겁니까?"

표사 조인청이 던진 질문은 또한 지금 세상이 가장 궁금해하고 있는 것이었다.

특히 거창하게 문을 열었다 첫 시작부터 강시로 인해 치욕스러운 실패를 맛본 무림맹은 더더욱 거기에 촉각을 곤두세우고 있었다.

*　　*　　*

"만년한철이 분명합니다!"

대회의실에 모인 무림맹의 실력자들을 앞에 두고 대외정보를 관장하는 비천각의 각주이자 종남파의 장로 이공진이 확신에 차서 말했다.

"모양과 색, 일반의 무기와는 비교도 안 되는 날카로움과 강도까지…… 모든 정보들을 조합해 본 결과 그에 맞는 것은 현철과 묵철, 그리고 만년한철뿐입니다. 하지만 다들 아시다시피 현철중검은 지난번 토벌대에 참가하셨던 화산파의 일운 사형께서 사용하시던 검이었고 그때 일운 사형의 현철중검은 강시에게 전혀 통하지 않았습니다."

그로 인해 화산의 장로 일운을 비롯해 많은 목숨이 강시의 칼에 도륙을 당했다.

"현철중검이 통하지 않는데 그보다 못한 묵철이 강시에게 통할 리가 만무한 바, 일개 표국의 표사들이 강시의 신체에 상처를 낼 수 있었던 건 분명 만년한철이었기에 가능한 일이었습니다."

"허나, 그게 가능한 일이란 말이오? 듣기로 쟁천표국의 표사들 수가 오십이었고 그들 모두가 같은 무기를 가지고 있었다 하는데, 대체 그 많은 만년한철을 어디서 구했단 말이오?"

만년한철로 만들어진 무기는 천하를 다 뒤져도 다섯 자루가 채 되지 않을 거라고 알려져 있었다.

"게다가 만년한철을 다룰 수 있는 장인이라면 천하에 단 두 명뿐이고 그들조차 한 자루를 완성하는 데 십오 년은 걸린다고 알고 있는데, 오십 자루나 되는 무기를 대체 누가 무슨 수로 다 만들었단 말이오?"

다들 쟁천표국의 표사들이 사용한 무기가 만년한철이라는 데는 큰 이견이 없었다. 다만 그 진귀한 무기가 대체 어디서 났냐는 것이었다.

이공진이 고개를 저었다.

"지금은 그것의 출처를 따지는 것이 중요한 것이 아닙니다. 중요한 것은 만년한철이 강시를 대적할 수 있는 유일무이한 무기라는 것입니다. 만년한철의 무기를 찾아야 합니다. 대륙 전역을 다 뒤져서라도 반드시 최대한 많은 물량을 확보해야만 합니다. 그것만이 땅에 떨어질 대로 떨어진 무림맹의 위신을 다시 세울 수 있는 길이며 무림맹이 다시 무림의 영주로서 바로 설 수 있는 유일한 길입니다."

이대로는 대무림맹이 고작 표국 하나보다도 못하다는 비아냥과 조소를 언제까지고 감내해야 했다.

그리해 무림맹 모든 맹도들에게 특명이 떨어졌다.

만년한철을 찾아라!

만년한철은 물론이고 만년한철로 만들어진 무기의 행방을 알려 주는 자에게도 엄청난 포상금을 걸었다.

그것은 비단 무림맹만이 아니었다.

신표련도 만년한철이 강시를 상대할 수 있는 유일한 대

책이라 결론을 내리고는 만년한철을 찾아 나섰다.

그렇게 무림 전역이 만년한철로 들썩일 때, 그 모든 소란의 중심에 있는 쟁천표국은 그 후로 별다른 사건 없이 표행을 진행했고 그리해 국경 수비대까지 무사히 군량미를 전달할 수 있었다.

*　　*　　*

"이게 뭡니까?"

루하가 자신의 앞에 내밀어진 봉투를 보며 의아히 물었다.

이번 표행은 단지 군량미를 전달하는 것으로 끝나는 것이 아니었다. 무사와 짐꾼들, 그리고 필요한 여타 물자들까지 지원을 받은 만큼 그 모두를 안전히 현천상단에 돌려주는 것까지가 쟁천표국이 해야 할 도리였다.

그래서 이곳 의창으로 돌아왔더니 부단주 왕욱이 그에게 대뜸 봉투를 내미는 것이었다.

"군량미를 무사히 전해 준 데 따른 성공 보수입니다."

왕욱의 말에 루하가 눈살을 찌푸렸다.

"성공 보수가 따로 있다는 말은 금시초문인데요?"

"쟁천표국이 아니었다면 저희 상단은 헤어날 수 없는 큰 위기를 겪어야 했을 것입니다. 이건 그 고마움의 표시입니다."

왕욱의 극진한 태도에 피식 실소가 나는 루하다.

신표련을 최선이라 판단하고는 쟁천표국을 아주 찬밥 대접할 때가 언제였나 싶다. 심지어 우선 편의 제공이라는 말로 신표련 앞에서 창피까지 주지 않았던가.

그래 놓고 이제 와서 태도가 돌변해서는 고마움의 표시라며 성공 보수까지 덥석 안겨 준다.

'역시 장사치들의 말과 웃음은 가볍기가 십 년 청상과부의 치맛자락보다 더 하다니까.'

하지만 딱히 그것이 불쾌하지는 않았다.

아니, 일종의 동질감마저 느낀다.

그 역시 그렇게 살아왔다.

가진 것 없고 기댈 곳 없던 그가 말과 웃음마저 무거웠다면 세상은 그에게 더욱더 가혹했을 테니까.

게다가 공짜로 돈을 더 준다는데 싫어할 이유가 없다.

루하가 자신의 앞으로 내밀어진 봉투를 주저 없이 받아 들었다.

그리고 안의 내용물을 살폈다.

순간, 눈을 동그랗게 떴다.

'십만…… 냥?'

그 안에 들어 있는 것은 놀랍게도 십만 냥짜리 전표였다.

아무리 쟁천표국의 활약 덕분에 현천상단이 위기를 모면했다고 해도 이미 표행이 다 끝난 마당에 고마움의 표시로 십만 냥이라니?

'이런 큰돈을 단순히 성의 표시로 줄 리가 없는데?'

과한 호의를 보이는 그대로 받아들일 만큼 순진하지 않았다.

아니나 다를까,

"저기 그래서 말인데…… 저희 상단에서 일전에 쟁천표국과 논의했던 일 말입니다."

조심스럽게 루하의 눈치를 보며 왕욱이 그렇게 운을 뗀다.

"일전에 논의했던 일이요?"

"저희 상단에서 쟁천표국에 투자를 하기로 했던 것 말씀입니다."

"아, 그거요? 근데 그건 없던 일로 하기로 한 거 아닙니까? 그런 논의가 한 번 있었단 얘기는 들었지만, 그 후론 아예 일언반구도 없었다 하던데요?"

구대문파가 무림맹 창설을 선언한 것과 때를 맞추어 재빠르게 표마원에 붙어먹었으니까.

'먼저 말을 꺼낸 건 지들이면서 말이지.'

거기다 이번 표행에서도 지들이 먼저 군량미 운송을 부탁해 놓고는 날름 신표련에 붙어먹지 않았던가.

그 생각을 하니 잊고 있던 울분이 새삼 슬쩍 치밀어 오른다.

루하의 얼굴에 그 같은 노기가 스쳐 가자 왕욱의 이마에 안쓰러울 정도로 땀이 송골송골 맺힌다.

"그 일은 분명 저희가 경솔히 판단했던 것이 사실입니다. 아주 크게 후회도 하고 있습니다. 그래서 지금 국주님께 이런 말씀을 드리는 것이 실로 면구스럽기도 하구요."

"그래서 현천상단에서는 우리와 뭘 어쩌자는 건데요? 다시 투자라도 하겠다는 겁니까?"

"예. 전에 상의했던 투자 건에 대해 다시 심도 깊게 이야기를 나눴으면 하는 것이 저희 상단의 입장입니다. 그리고 하나 더, 앞으로 상단의 모든 표행을 쟁천표국에서 맡아 주셨으면 하는 것 또한 저희 상단의 바람입니다."

"그거…… 이미 무림맹과 계약이 되어 있는 걸로 아는데요?"

"군량미를 신표련에 맡겼을 때 이미 무림맹과의 계약은 없던 일로 하기로 했습니다. 어차피 표마원이 언제 다시 활동을 할 수 있을지도 기약을 할 수 없는 데다가, 저희가 가진 인삼 교역권의 삼 할을 대륙상단과 천하상단에 나누어 주는 조건으로 이번 군량미 운송을 포함해서 앞으로 현천상단의 표물을 전량 신표련에서 책임져 주기로 했으니까요. 물론 이번 표행의 실패로 신표련과 했던 계약 또한 모두 없던 것이 되어 버렸지만 말입니다."

신표련이 갑자기 생각을 바꾸어 현천상단의 표행을 맡기로 한 것에는 바로 그 같은 거래가 있었던 것이다.

"그러니 저희 상단으로서는 쟁천표국 덕분에 군량미도 무사히 운반을 했고 인삼 교역권도 온전히 지킬 수 있게 된 셈입니다."

듣고 보니 성공 보수 십만 냥이 그렇게 과한 것이 아니었다.

현천상단의 명운이 걸려 있다고도 했던 만큼 모르긴 몰라도 인삼 교역권 삼 할이면 그 수십 배, 아니, 수천 배의 가치는 있을 것이다.

그래서 사양 않고 십만 냥의 성공 보수를 품에 챙겨 넣었다.

"일단 이 돈은 귀 상단의 성의도 있고 하니 잘 받겠습니다."

그리고 미련 없이 자리를 털고 일어섰다.

"귀 상단에서 저희 쟁천표국의 가치를 높게 보시고 투자를 결심해 주신 건 무지 감사한 일입니다만, 저는 남의 돈으로 표국을 키우는 일에는 별로 관심이 없어서요. 그리고 현천상단의 표물을 쟁천표국에 모두 일임한다는 계약 말인데…… 괜히 계약 같은 걸로 묶여 봐야 서로 피곤하기만 할 것 같고, 필요하다면 언제든 저희 표국을 이용해 주십시오. 조건만 맞으면 저희 표국은 언제든지 표행에 나설 준비가 되어 있으니까요."

말투는 그닥지 않게 꽤나 정중했지만 결국은 현천상단의 제안을 어느 하나도 들어주지 않겠다는 것이다.

왕욱의 얼굴이 보기 딱할 정도로 구겨졌다.

이래서 사람 일은 한 치 앞도 모른다는 걸 거다.

표행을 떠날 때만 해도 고작 차선에 불과했던 쟁천표국이 표행을 마친 지금, 그 한 번의 표행으로 무림에서 가장 비싸고 귀한 몸이 되어 있으니 말이다.

그렇게 현천상단의 일을 깔끔하게 마무리를 지은 루하는 표사들과 더불어 두둑한 성공 보수를 가슴에 안고 쟁천표국으로 돌아왔다.

그런데,

"이 사람들 이거 다 뭐야?"

문전성시 정도가 아니었다.

마을 입구에서부터 쟁천표국의 건물 입구까지 정말이지 발 디딜 틈 하나 없이 사람들로 가득 차 있었다.

그야말로 인산인해.

게다가 표행단이 도착하고, 루하를 알아본 누군가가 '정소협! 정루하 국주님!' 하고 외친 순간 그 많은 사람들이 일제히 루하에게로 달려들었다.

'뭐, 뭐야?'

마치 집채만 한 파도가 덮쳐드는 듯한 압박감에 루하가 자기도 모르게 주춤 뒤로 물러서는데,

"국주님! 쟁천표국의 표사로 일하고 싶습니다!"

어디선가 그런 외침이 들렸다.

그것이 시작이었다.

"저도요! 저도 쟁천표국의 표사가 되고 싶습니다. 국주님!"

"쟁천표국의 표사가 되려고 산동에서부터 여기까지 달려왔습니다. 시켜만 주시면 분골쇄신하며 쟁천표국에 뼈를 묻겠습니다!"

사방에서 그렇게들 난리를 치며 떠들어 댄다.

그제야 알았다.

여기에 모인 이 많은 사람들이 죄다 쟁천표국의 표사가 되기 위해 와 있는 것이었다.

강시를 때려잡은 일로 쟁천표국의 명성이 높아진 줄은 알았지만 달리 표사를 모집한 것도 아닌데 이 많은 사람들이 쟁천표국의 표사가 되고자 무작정 달려올 만큼 그렇게

큰 파장을 불러일으키고 있을 줄은 몰랐다.

하지만 이들이 왜 이토록 쟁천표국의 표사가 되고자 하는지 그 이유는 충분히 안다.

무림 최초로 강시를 잡은 만큼 쟁천표국의 이름이 가지는 그 특별함에 먼저 끌렸을 것이고, 무림맹 수백 정예도 못 한 일을 단 오십 명의 표사만으로 해낸 쟁천표국의 강함을 보고 다른 표국보다 안전할 것이라는 믿음을 가졌을 것이며, 잔혹도마를 죽인 삼절표랑의 명성에 또한 확신을 가졌을 것이다.

하지만 무엇보다 그들을 이렇게 대책 없이 여기로 달려오게 만든 것은 한 가지 소문 때문이었다.

'쟁천표국의 표사가 되면 만년한철로 만들어진 무기를 얻을 수 있다!'

어디서 나온 것인지는 모르지만 그러한 조금은 근거 있는 소문들이 지금 강호에 떠돌고 있었다.

쟁천표국의 표사가 되어 만년한철로 된 명검보도를 얻으리라!

그리해 내 손으로 강시를 죽여 천하 영웅이 되리라!

그 같은 피 끓는 야망이 지금 이 난리통을 만들고 있는 것이다.

물론 루하는 그들을 표사로 고용할 생각이 전혀 없었다.

아예 표사를 더 늘릴 계획조차 가지고 있지 않았다.

루하가 미간을 찌푸리며 장청에게 말했다.

"길을 좀 열어 주셔야겠는데요?"

루하의 말에 장청이 표사들에게 지시를 내렸고 표사들이 벌 떼처럼 모여 있는 사람들을 비집고 들어가 길을 텄다.

표사들이 터 주는 길을 따라 더딘 걸음을 내디딘 끝에 겨우 쟁천표국의 문을 열 수 있었다. 그 앞에 양윤이 이제야 살았다는 얼굴로 루하를 반갑게 맞는다.

"대체 이게 다 무슨 난리예요?"

"어휴! 말도 마십시오. 당분간은 표사를 뽑을 계획이 없고 그럴 계획이 생기면 방을 붙여 널리 알릴 것이라고 했는데도 저 모양입니다. 아니, 태반은 돌아갔는데도 저 지경입니다. 어찌나 극성들을 떨어 대는지 그동안 문밖출입도 제대로 할 수가 없을 지경이었습니다. 게다가 표물 의뢰는 의뢰대로 밀려들지……."

"표물 의뢰요? 이제 좀 의뢰가 들어와요?"

"어디 들어오다 뿐이겠습니까? 국주님의 결재를 기다리고 있는 의뢰 건수가 이미 이천 건이 넘었습니다. 중원 대륙의 표물이란 표물은 죄다 우리한테로 가져오는 것 같을 정도이니…… 아무튼 먼 길 다녀오시느라 고단하시더라도 한동안은 조금 더 고생을 해 주셔야겠습니다. 거리와 금액별로 세

밀하게 구분을 해 두긴 했습니다만 워낙에 양이 많아서 의뢰를 받을 것들을 선별하는 작업이 만만치 않을 겁니다.”

워낙에 몸 쓰는 체질이었다.

종이 쪼가리와 그 위에 굴러다니는 흑백의 글들은 전혀 취향이 아니었다.

양윤의 설명을 듣는 것만으로도 벌써부터 골머리가 지끈거려 올 지경이다.

하지만 돌이켜 보면 정말이지 배부른 고민이다.

얼마 전까지만 해도 의뢰 한 건 들어오지 않아 칼 장사나 해야 하나 심각하게 전업을 고려하지 않았던가.

그런데 지금은 표사를 모집하지도 않았는데 표사가 되겠다며 찾아오는 자들로 인산인해를 이루고, 골머리가 지끈거릴 만큼 표물 의뢰가 물밀듯이 밀려든다.

세상이 달라졌다.

세상의 눈이 달라졌고 세상의 관심이 달라졌다.

‘이제야 좀 표국다워진 셈인가?’

아니, 이제야 그가, 그리고 그의 쟁천표국이 세상을 향해 웅비하기 시작한 것이었다.

〈다음 권에 계속〉

ORIENTAL FANTASY STORY & ADVENTURE
이대성 신무협 장편소설
사자왕
死者王
NAVER 웹소설 최고 인기 무협 『수라왕』
그 전대(前代)의 이야기!
'마왕'과의 계약으로 힘을 얻은 소년, 공손천기.
잔혹한 운명을 이겨 내기 위한 그의 행보가 펼쳐진다.

ORIENTAL FANTASY STORY & ADVENTURE
요도 김남재 신무협 장편소설
요마전설
妖魔傳說
NAVER 웹소설 인기 무협
요도 김남재가 전하는 또 하나의 전설!
유아독존 대요괴 백호와 천하절색의 미녀 월하린
그들이 펼치는 유쾌하고 기상천외한 강호종횡기!
dream books
드림북스

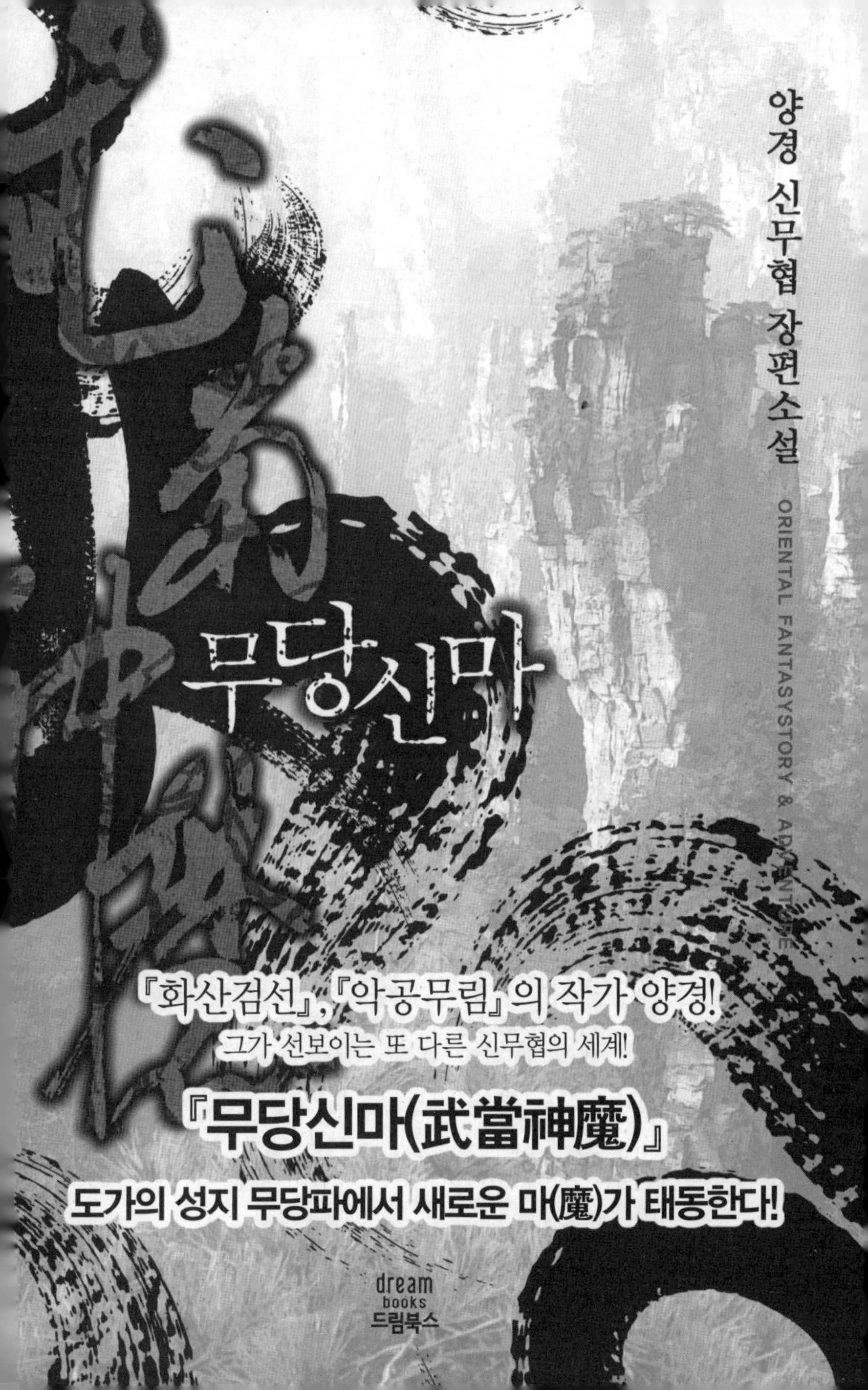

양경 신무협 장편소설
ORIENTAL FANTASYSTORY & ADVENTURE
무당신마
『화산검선』,『악공무림』의 작가 양경!
그가 선보이는 또 다른 신무협의 세계!
『무당신마(武當神魔)』
도가의 성지 무당파에서 새로운 마(魔)가 태동한다!
dream
books
드림북스

강령술사
FUSION FANTASY STORY & ADVENTURE
정은호 퓨전판타지 장편소설
『가문의 주인』, 『명불허전 Dr.허』의 작가 정은호!
많은 이들이 기다린 진정한 모험 판타지!
무속인의 피를 이어받은 고등학생 경식.
신병을 견디지 못하고 집안 내력인 신기를 받아들이던 도중,
강렬한 충격과 함께 이세계로 떨어지게 되는데!
dream books
드림북스

DREAMBOOKS

DREAMBOOKS

DREAMBOOKS

DREAMBOOKS